比利时短篇小说集

（比利时）皮思 等 著
戴望舒 译

当代世界出版社

图书在版编目（CIP）数据

比利时短篇小说集 /（比）皮思等著；戴望舒译 .—北京：当代世界出版社，2015.2

ISBN 978-7-5090-1020-4

Ⅰ. ①比… Ⅱ. ①皮…②戴… Ⅲ. ①短篇小说—小说集—比利时—现代 Ⅳ. ①I564.45

中国版本图书馆 CIP 数据核字（2015）第 022967 号

书　　名：比利时短篇小说集
出版发行：当代世界出版社
地　　址：北京市复兴路 4 号（100860）
网　　址：http://www.worldpress.com.cn
编务电话：（010）83908456
发行电话：（010）83908409
（010）83908377
（010）83908455
（010）83908423（邮购）
（010）83908410（传真）
经　　销：全国新华书店
印　　刷：北京市玖仁伟业印刷有限公司
开　　本：880 毫米×1230 毫米　1/32
印　　张：8
字　　数：152 千字
版　　次：2015 年 9 月第 1 版
印　　次：2015 年 9 月第 1 次
书　　号：978-7-5090-1020-4
定　　价：35.00 元

出版总序

民国时期是中国从近代社会向现代社会转型蜕变的一个重要历史阶段。这个时期，政治风云变幻，思想文化激荡，内忧外患迭起。国家政治、经济、文化等均发生了翻天覆地的变化。新与旧、中与西、自由与专制、激进与保守、发展与停滞、侵略与反侵略，各种社会潮流在此期间汇聚碰撞，形成了变化万千的特殊历史景观。民国时期所出版的文献则是这一历史时期的全景式纪录，全面展现了民国时期波澜壮阔的历史画卷；精彩呈现了风云变幻的历史格局；生动描绘了西学东渐，学术思想百家争鸣的繁荣局面；真实叙述了中华民族抵御外族入侵，走向民族独立的斗争历程。因此，民国文献具有极其珍贵的历史文物性、学术资料性及艺术代表性。

民国时期是我国近代出版业萌芽和飞速发展的一个时期，规模层次各不相同的出版机构鳞次栉比，难以胜数。既有商务印书馆、中华书局、开明书店、世界书局、大东书局等这样著名的出版机构，亦有在出版史上昙花一现、出版物硕果仅存的小书局。对于民国时期出版物的总量，目前还没有非常精确的统计。国家图书馆在20世纪90年代，联合上海图书馆、重庆图书馆，以三馆馆藏为基础整理出版了《民国时期总书目》，收录中文图书124040种。据有关学者调查统计，这一数量大约为民国时期图书总出版量的九成。如果从学科内容区分，人文社会科学方面的出版物在数量上占绝对优势。

国家图书馆是国内外重要的民国文献收藏机构，馆藏宏富，并且作为国内图书馆界的领头羊，一向重视民国文献的保存保护。由于民国文献所用纸张极易酸化、老化，绝大多数已存在不同程度的损毁，难堪翻阅。为保存保护民国文献，不使我们传承出现文献上的断层，也为更多读者能够从不同角度阅读利用到民国文献，2011年，国家图书馆联合国内文献收藏单位，策划了“民国时期文献保护计划”项目。随着项目的展开，国家图书馆在文献普查、海外文献征集、整理出版等各方面工作逐步取得了重要成果。

典藏阅览部作为国家图书馆内肩负民国文献典藏管理职责的部门，近年来在多个层面加大了对于民国文献的保存保护力度，组建了专门的团队，对民国文献进行保护性的整理开发，先后出版了《民国时期连环图画总目》《国家图书馆藏民国时期毛边书举要》《民国时期著名图书馆馆刊荟萃》等。

然而，民国时期出版物种类繁多，内容丰富。就国家图书馆馆藏而言，从早期的中译本《共产党宣言》到我国的第一本毛边本《域外小说集》，从大批的政府公报到名家译作，涵盖之广，其所具备的艺术价值、史料价值，亦足令人惊叹。相较之下，我们的整理工作方才起步。为不使这些闪烁着大家智识之光的思想结晶空自蒙尘，为使更广大的读者能够从中汲取养料，我们会陆续择其精者，将其重新排印出版，希望读者能够喜欢。

国家图书馆

2014 年 9 月

小　引

在比利时，主要的语言有两种：北部弗兰特尔（Frandre）是讲与荷兰文很接近的弗兰特尔文，南华隆尼（Wallonie）则讲法文。

一八三一年比利时独立以前，在文学上，比利时也没有独立的地位。在强邻侵占之下，国事纷乱之中，文学之不振乃是一件必然之事。就是偶然有几个杰出的人才，因为比国没有一种特别的文字这关系，也不被人视在比利时作家。如福华沙（Froissart）、高米纳（Commines）、约翰·勒麦尔（John Lemaire）之只被列入法兰西文学史中，便是一个显然的例子。

比利时文学之取得独立的地位，她的开始兴起她的文学运动，她的渐渐地引起世界文坛的注意，只是一件很近的事。这只有短短的四五十年的历史。然而，在这个短短的时期中，比利时却产生了不少杰出的人才：西里艾·皮思、费里克思·谛麦尔芒、魏尔哈仑、梅德林克、勒穆尼等等，都已经不是一国的作家，而是世界的作家了。

本集中所选译的，都是近六十年来最有名的作家的作品。为编译上的便利起见，我把这集子分为上下两编：上编是用弗兰特尔文写作的作家们，其中可分为两个系代，即“今日与明日”系代（Van nu en straks）和新系代。前者为皮思、德林克、都散、倍凯尔曼诸人，后者则选录了曷佛尔、谛麦尔芒、克尼思等三人。下编则为用法文学作的作家们，其中包含浪漫派的特各司德，象征派的梅德林克及魏尔哈仑，写实派的德穆尔特、克安司等，民众派的勒穆尼，近代派的海伦思等等。

但是，把比利时作家们这样地划分为两部，却并不是说比利时文学有着一个不统一的现象。它虽则是用两种不同的文字来表现，但在精神上，气质上，却依然还是整个的，有着和别国文学不同的独特性。

一九三四年八月　译者

目 录

孤独者

西里艾尔·皮思

西里艾尔·皮思（Cyriel Buysse）于一八五六年九月二十日生于东部弗朗特尔之奈佛莱（Nev ele），是女诗人和女小说家罗莎丽·洛佛琳（Rosalie Loveling）及维吉妮·洛佛琳（Virginie Loveling）的内侄，曾和维吉妮·洛佛琳合著长篇小说《生活的教训》（*Levensleer*，一九一二）。他是《今日与明日》（*Van Nu en Straks*）杂志的创办人之一，又是 *Groot Nederland* 的编者。

所著长篇及短篇小说约有四十种，最著名者为《穷人们》（*Van arme menschen*，一九〇二）、《小，驴马》（*Het Ezelken*，一九一〇）、《如此如此》（*Zooals het was*，一九二一）、《叔母们》（*Tantes*）等。这篇《孤独者》，即从他的短篇集《穷人们》中译出。

***

濮佛尔的小屋子是孤立在莽原之中……涂着赭黄色的粉的，凸凹龟裂的四面小小的破墙；一个半坍的，在西边遮着一片幽暗的长春藤的，灰色的破屋顶；有青色的小扉板倒悬着的两扇小玻璃窗；一扇为青苔所蚀的苍青色的低低的门；便是我们在那凄凉而寂静的旷野中所见到的这所小屋子……在那无穷的高天的穹窿之下，这所耸立在那起伏于天涯的树林的辽远而幽暗的曲线上的小屋子，便格外显得渺小了。它在那儿耸立着，在一种异常忧郁的孤独之中，在那刮着平原的秋天的寒冷而灰色的大风之下。

那认识他或只听别人讲起过他的几个人，称他为“濮佛尔”。没有一个人记得他的真姓名。他过着一种完全的隐遁生活，离开人烟之处有十二哩（同“英里”），离最近的村子有十六哩。人们所知道的，只是他和他的父母一同住到那个地方去。那已经是很长远的事了，那时树林一直延伸到他的孤独的茅舍边。他的父亲是做一个有钱人的猎地看守人而住到那里去的。可是那有钱人因为穷了，便把一大部分的树林砍伐了变卖。只有那个不值钱的小屋子，却还留在那里。濮佛尔的父母在那小屋中一直住到死，在父母死后，他还一个人住在那儿，因为他已习惯于这一类的生活，他并没有其他欲望，因为他已不复能想象另一种生活了。

他有几只给他生蛋的母鸡，一只他所渐渐饲肥的小猪，一只他用来牵手车的狗，一只给他捕鼠的猫。他也有一只关在小笼中在晨曦之中快乐地唱歌的金丝雀，和一只猫头鹰——这是一位阴郁的怪客人，它整天一动也不动地躲在一个阴暗的巢里，只在黄昏的时候出来，张大了它的又大又圆的猫眼睛，满脸含怒地飞到小玻璃窗边去，等濮佛尔把它的食料放到它的爪间去：田蛙、瓦雀、耗子。

此外，他周围便一个生物也没有了。在他亲自开垦的荒地的一角上，他种了马铃薯、麦子、蔬菜。他到很远的树林中去打菜升火。一大堆由四块粗木板支维着的干草和枯叶，便算是他的床。他的衣衫是泥土色的。

他的身材不大也不小，微微有点佝偻，手臂异常的长。他的胡须和头发是又硬又黑，他的颧骨凸出的瘦瘦的颊儿，呈着一种鲜明的酡红色，而在他的鲜灰色的眼睛中，有着一种狞猛和不安的表情。

永远没有或几乎永远没有一个人走到他住所的附近去。如果不意有一个到来的时候，濮佛尔便胆小地躲在屋子里不敢出来，好像怕中了别人的咒语似的。这样，他竟可以说失去了说话的习惯了。他只用几个单字唤他的牲口的名字。他的狗名叫杜克，他的猫头鹰名叫库白，他的猫名叫咪，他的金丝雀名叫芬琪。在他的心灵中，思想是稀少而模糊的，永远限制在他的孤独生活的狭窄的范围中。他想着他的母鸡，他的猪，他的马铃薯，他的麦子，他的工作，他的狗，他的猫，他的猫头鹰。在夏天的平静的晚间，他毫无思想地蹲在他门前的沙土上，眼光漠然不动地望着远处，抽着他的烟斗。在冬天，他呆看着炉火，陷入于一种完全的无思无想的状态中。他有时长久地望着那缩成一团打着鼾的猫，有时在那从小窗中穿进来的苍茫的夕照中坐到那猫头鹰旁边去，看它吞食着田蛙和小鸟儿。

他没有钱，他甚至连钱的颜色也没有看见过，可是每当他的猪肥胖得差不多了的时候，或是他的鸡太多了的时候（这是每隔四五个月会有一次的事），他便把它们带到一个很远的村子里去，去换各种的食物。他很怕这种跋涉，因为他一到的时候，那平时很平静的村子顿时热闹起来了。

顽童们远远地看见他带着那牵着装满了东西的小车的狗到来的时候，便立刻大嚷着："濮佛尔来了，濮佛尔来了！"于是他们便喧嚷着成群结队地跟在他后面，有的人学着他的犬吠，有的人学着他的猪叫，有的人学着他的鸡鸣。那时濮佛尔又害羞又害怕，红着脸儿，加紧了步子，眼睛斜望着别人。他跑得那么的快，以致他手车的轮子碰到了他的狗的尾巴，而使它哀鸣起来。他尽可能快地穿过了一排追逐着他的顽童，和一排站在门口嘲笑他的乡民，赶紧跑到猪肉杂货铺去躲避。

在那里，他躲过了残酷的嘲弄。人们称他的猪，人们和他论猪价，接着他便用他的猪价换了各种的货物：第一是一只他可以重新饲养大来的小猪，其次是猪油和香料，内衣或其他的东西，牛油、面粉、咖啡、烟草，一切他长期的孤独中所需要的东西。此外，杂货铺的老板和老板娘还请他喝一大杯咖啡，白面包饼和干酪，然后送他到门口，祝他平安（话语之间却不免也混着一点冷嘲）。接着，喜剧便又开始了：濮佛尔刚托起了他的手车的扶柄，开口赶他的狗的时候，站在路对面的那些游手好闲的人们便哄然笑起来了。有一个游手好闲的人在车轮下放了一块砖头，因此他怎样拉也不能把车拉动。他愚蠢地微笑着，摇着他的头，好像这每次都是一般无二的恶作剧，还很使他惊讶似的。接着他放下了扶柄，费劲儿搬开了砖石，然后动身上路，不久又像初到时似的跑起来，身后跟着一大群的顽童，一直到离村子很远的地方才没人跟他。

他这样的在一种完全的孤独中过度了许多年单调的生活，一直到一个奇特而混乱的日子，那一向离他很远的人类生活，似乎亲自走近到他身边去。

有一天早晨，许多人在他的寒伧的茅屋附近显身出来。那是一些很忙的人，在荒地上跑来跑去，手中拿着长铁链和红漆的杆子。他们把那些杆子东也插一根，西也插一根，接着他们又很小心地远远望着那些杆子。

那惊惶失措的濮佛尔躲在他的小玻璃窗后面。他一点不懂得那是怎么一回事，可是他不久看见一个穿着城里衣裳的人，后面跟着一个工人，向他的小屋子走过来。立刻，有人敲他的门。

“有人吗?”别人在外面叫。

濮佛尔先是装作听不见，不愿意去开门。

可是外面打门打得愈急了，他只得走出去。

“朋友,”那位先生很客气地说，“你可以设法给我们几根细木棒吗?我们现在正在测量那要从这里经过的新铁路。”

“啊，可以，先生。”濮佛尔用他那自己也听不清楚的低低的嗄音回答。他到他的小屋后面去找了几根细木棒来交给那工人。

“谢谢你,”那陌生人微笑着说，“你可要抽一根雪茄烟?”

“你太客气了。”濮佛尔用那同样的嗄声回答。

那陌生人拿了几枝雪茄烟给他，接着用一种胜利的声音对濮佛尔说，好像他的话会使濮佛尔很快活似的:

“以后这里不会这样荒凉了，我对你说!”

那眼睛苍白，畏人而充满了不安的濮佛尔没有回答。

“我们在此地筑路。”那陌生人补说着，作为上面一句话的解释，同时向那个奇特的人斜看了一眼。

可是濮佛尔还是一句话也不说。于是，说了一声“再见，我们晚上把你的木棒拿来还你”，那陌生人便带着他的工人走了。

一条铁路!濮佛尔想着，他害怕起来。这条铁路在尚没有存在以前就深深地使他不安了。

他多么地愿望那条铁路不通过来！过着隐遁生活的他，很怕那些老是嘲笑他的人们来临。然而，在他的心中却起了一种好奇的情感，这好奇的情感不久又渐渐地变成了一种热烈的愿望了。他先逃到树林中，可是他的恐惧渐渐地减小下去，竟至不久去看那些人们工作，甚至和那些实在对他无害的陌生人们说起话来。

“呃，濮佛尔，”他们开着玩笑说，“路一筑成之后，这里可要变成很有味儿的了，可不是吗？那时你便会老看见那些漂亮的火车开过，车里坐着国王们、王子们、公主们。”

“那么附近会有一个车站吗？”濮佛尔问。

“不，这条路只是用来缩短特别快车的路程的。可是，”他们开玩笑说，“只要你用你的手帕打一个号，火车便随时会停下来。”

“我从来也没有见过火车。”濮佛尔回答。

于是他便沉思般地回到辽远的树林那边去。

他不久看见火车来到了：那是一些小小的机关车，叫起来声音很尖锐，曳着一长列的没顶货车。人们从那里卸下一大堆一大堆的沙土、枕木和钢轨。他并不害怕，只是他一点也不懂，又十分惊佩。最使他惊异的是那些沉重的车子那么听话地沿着那两条铁轨走，而永远不翻倒。

“怎样会有这样的事！”濮佛尔想。于是他常常去看，心想那车子随时会闹出一件意外事来。

没有意外事闹出来。成着直线，穿过了荒地和树林，那条路线不久便从这一端地平线通到那一端地平线，最后竟可以通行华丽的大火车了。

行落成典礼的时候，濮佛尔也在场。

他是在铁路的路堤下面，和几个筑铁路的工人在一起。在那铁路迤逦而去的天涯，有一件像是一头喘息着的黑色小牲口似的东西在动着，又似乎异常匆忙地赶来；接着，它好像被怒气所涨大了似的一点点地大了起来，飞快地跑上前来。它不久变成了一个怪物，把火吐在地上，把烟喷到空中，像一个骚响的大水柱似的经过，带着一片蒸气和铁的震耳欲聋的声音，简直像是一个大炸弹。

濮佛尔喊了一声，腿也软下去了。他张开了他的臂膊，好像受了致命伤似的，晕倒在地上。

那些做着手势，向那经过的火车高声欢呼着的铁路工人们，嘲笑着那不幸的濮佛尔。

“什么都没有碰碎吗？你还活着吗？”

那害羞的濮佛尔一声也不响地站了起来，蹒跚地向他的小屋子走过去。

那些几个月以来在那个地方工作而生活的人们，现在都已经走了。濮佛尔又恢复了他的完全的孤独，只有每天四次，早晨两次和下午两次，受着那从两面开来的国际大列车骚扰。而那不久已克制住自己的最初的恐惧的濮佛尔，常常去看她们有规则地经过。在那大怪物要出现的时候，他既不能留在荒地中，又不能留在他的茅屋中。他走到路堤上去，望着天涯，俯卧在地上，耳朵贴着铁轨。于是他便听到铁轨歌唱着。它们为他而唱着神奇的歌。它们唱着一个濮佛尔所没有到过，也永远不会插足的荒诞的世界，一个广大无穷的世界。它们永远一动也不动地躺着，唱着它们的温柔而哀怨的歌。可是当火车走近来的时候，它们的歌便变成生硬而格外有力了，好像它们突然被从它们永恒的梦的温柔中赶了出来一样。它们不久便战栗起来，发出了苦痛，暴怒和复仇的尖锐的呼声。火车已在那边了。黑斑点也在天涯现出来了。那是永远像第一次一样的：一头喘息着的小小的黑色的牲口，像被自已的怒气所鼓胀起似的，动着而渐渐地大起来，大到像一个巨大的怪物，像雷霆一样地滚着，用它的尖锐的声音撕裂了空间，接着便隐没在一种铁器和蒸气的地狱一般的声响中。

濮佛尔退了十几步，呆望着那种光景。好像在一片闪电中似的，他瞥见了一点火车的生活：人们填进煤去的那怪物的大嘴，张望着天涯的机车手，和在那长长的华丽的列车中的，人类的侧影的手势和姿态——抽着烟的先生们，横在红色的坐垫上的身体，坐在玻璃窗前的先生们和太太们，在吃饭的夫妇们，男的是又红又胖，女的是又纤细又窈窕，穿着鲜艳的衫子，戴着深色的帽子，弯着身体，微笑着。

那些铁轨所歌唱的伟大的生活，他所完全不知道的神奇的生活，便是在那里。他只瞥见了这生活的一闪转瞬即逝的侧影，他永远不能近看它们。哦，他是多么愿望仔细看它们，他是多么愿望这华丽的火车停下来（就只是一次也好），去见识见识那神奇而陌生的生活中的一点儿东西这个任何世界的秘密也不知道的人，这个一生在孤独中过去的人，这个从来没有见过一个美丽的妇人的人，这个永远没有见过一个大城市的人，这个永远没有尝过佳肴名菜的人，他是多么地愿望这些啊！……

他因而感到了一种怀乡病之类的心情，一种缠人的病态的欲望。他每天早晨，每天下午都在那儿，眼睛里充满了羡望，像是一个乞丐。火车中的办事人员不久认识了他，看见他老是站在同一个地方，在茅屋的附近，便真的把他当作一个乞丐了。有时人们竟从餐车里丢出一点东西来给他，一块面包，一瓶啤酒，或是一些残肴。他老是站在那里，在白昼或黑夜，带着他的什么人也不知道的那么奇异的愿望，他的对于那些华丽的列车，对于那第一次向他显露出来的陌生的伟大的生活的旷野的急流的，怀乡病一般的愿望。

十一月的一个下午，他照常在路堤上等待着，脸儿向着那光线的辽远的闪烁，向着那火车要从而开过来的南方。夜是凉爽而清朗，满天都是星辰。在天涯边，一弯细细的新月把它的微微有点幻梦似的光倾泻在树林的暗黑的梢头。一种平静的和谐的氛围气摇荡着夜。朦胧的天空和树林的幽暗的线条混在一起，不能互相分辨出来。在远处，铁路的闪光和星光交辉着。

濮佛尔蹲在地上，把他的耳朵贴着铁轨。它们正歌唱着它们的微微有点忧郁的歌。他好像觉得这平静的和谐，是不复会被打破，而那无疑已误点了的火车，是不复会再来了。

而那在平时没有时间的观念的濮佛尔，心里想着：今天它那么迟还没有来！于是他感到了一种悲哀和一种苦恼，好像预感到一件灾祸一样。可是在天涯的尽头似乎有一个光在瞬动，而那突然唱得更尖锐的铁轨，又似乎在他的耳边呼着："是的，是的，我到了，我到了……"

那便是火车。在黑暗之中，濮佛尔辨不清楚那个喘息着的黑色的小牲口，可是，看见了那突然扩大起来的，好像受了一片飓风的吹打而摇荡着的光，他似乎觉得那火车跑得异乎寻常的快。在车轮的骚音之下，铁轨吼着，土地震动着。那光线变成了一个炯明的火炬，一片猛烈的炭火，四面喷射着火焰和蒸气的舌头。接着，突然发生了一种在地震中的恶梦的幻象：一大堆红色和黑色的东西带着一种骇人的霹雳声倒了下来，一片钢和铁。打碎的声音，木头飞裂的声音，玻璃碎成片片的声音，而在这巨大的声音之间，还夹着人类的绝望的呼声……

像一个梦行人一般的，濮佛尔大喊着逃到荒地那面去。接着他又像一个梦行人一般地走回来，把拳头放在鬓边，眼睛凸出着，在那机关车的震耳欲聋的汽笛声中呼喊着，啼哭着，呜咽着。那机关车躺在那里，陷在泥土中，上面压着破碎的列车，像一头快死的大牲口似的喘着气，吼着。他倒了下去，他站起来，可是接着又跌倒了，浴身在一种温暖而发黏的流质中，被尖锐的破片所刺伤，在烟和火焰中窒息着，在奔逃的人们的呼声中呼喊着，在受伤的人们和垂死的人们的残喘中呼喊着，在机关车的继续不断的怕人的汽笛声中呼喊着。

于是他飞也似的奔跑着逃到他的茅屋那里去。

“现在我看见过了，我看见过了!”他喊着。

于是他在他的小屋中又看见了那种情景，他又看见了那些已经被车中抬出来的垂死的受难者们：男的和女的，躺在地上，下面垫着毛毯和垫子，都富丽地穿着绮罗的衣服，戴着手饰，可是身体却都偻缩着，四肢血淋淋地断折了，眼睛一点光彩也没有，脸儿发着灰色，手绞曲着，嘴唇好像在祈求快点死。隔着小玻璃窗，一片苍白的光照亮了这幕景象。在这灾祸的可怕的混杂中，濮佛尔看见火车燃烧着。好像一片地狱的火似的，红色的火焰从黑色的破片中升了起来，同时，垂死的人尖声呼喊着，机关车不断地鸣着汽笛，像一头受着酷刑的垂死的野兽一般地吼。

“哦！哦！……哦！哦！现在我看见过了！现在我看见过了！……”于是濮佛尔从他的小屋子中奔跑出去。他一直穿过荒地逃过去，可是耳中却还不断地听到那可怕的骚音。他跑到了在辽远的那一方的幽暗的树林中。

他呜咽着倒在青苔和干草上。他站了起来又发狂地奔跑着，跑到树林的更深的地方，一直跑到那他不复听见骚声的地方为止。那是一个有树枝遮盖着的洞，是猎场看守人的破茅屋的残迹。他像一头被人追逐的野兽似的爬到那个洞里去。他在那里吓得一点也不响地捱了一个整夜，蜷缩着，一动也不动，发着抖，牙齿打着颤，眼睛大张着。他在破晓的时候才爬出来，采了一点桑子吃，因为他饿得很，接着他采折了一些树林，盖在那个洞上面做屋顶，他又在那洞里用枯叶铺积了一个床。

他整天在树林中徘徊着，饿的时候便吃桑子。他直至日落之后很久才回到他的茅屋那边去。

他的脚膝发着软，他在荒地上蹒跚地走着，不时地停下来摸索黑暗，又准备再奔逃。

可是这一番却什么事也没有。一切都是静悄悄的，死沉沉的。在那已变成漆黑的夜里，他不知不觉地走到了他茅屋边。

当他看见有一个暗黑的影子突然在他的前面现出来的时候，他的心惊跳着。他用一种嗄音叫道：

“谁在那儿？有人吗?”

他的狗的凄惨的吠声便是唯一的回答。

“杜克，你在哪里?”他喊着。他在那小屋子四周绕了一圈。那只狗便是永远系在屋后的狗窠边的。在旁边的小牲口房中，他听见那头小猪叫喊着。

他放了杜克，于是那只狗便立刻从洞开着的门走进屋子去。

濮佛尔站在门槛边，发着抖。他听见他的狗用鼻子发着声音来来往往地走着。他取出了一根火柴，预备划它，可是他又不敢划，生怕看见那无疑会呈到他眼前来的景象。

“还有人吗?”他终于用一种发抖的嗄声说。因为一切都很沉静，他便划煌了一点火柴，冒险向前走了一步。已经什么也没有了……一个人也没有……死沉沉的寂静。他看见煤油灯就在眼前，便战栗着把灯点燃了。苍黄色的灯光跳动着反射到那小屋子的赤裸裸的墙上。那在火炉上面的耶稣受难像，似乎在苦痛之中扭曲着腿。在泥地上，有着一大摊一大摊的暗黑而发黏的斑点。那便是血迹。在一摊斑点旁边，他的黑猫安安逸逸地在舔着……他战栗起来，那盏小煤油灯便在他的手中跳动着。他把煤油灯移到火炉那面去，照着灰色的墙，照着屋顶的被烟熏黑的梁。什么也没有了。什么也没有了。一切都已经消隐了……他望着那小鸟笼，那头金丝雀缩成一团在笼中睡着，头躲在羽翼中。他向桌子下面望去，那只狗在桌子下面拉着什么东西。此外还有一个声音呜呜地叫着。于是，他看见在最远的一只桌脚边，他的猫头鹰库白在着，黑色的眼睛含着怒，爪上攫着一个什么血淋淋的东西。

“杜克，这里来!”他拉着他的狗的尾巴喊。

可是他立刻发了一声恐怖的喊声退了开去——库白抓在它

的爪中的是一块人的肉。

“来！”濮佛尔对他的狗说。他把它牵到外面，把它牵到他的手车上。他把他的简单的用具装在车上，于是便上路到那树林深处的荒弃的洞中去了。

他整夜搬运着他的小小的产业。在天还没有亮的时候，他的小屋子便已经搬空了。最后一次是搬运他的牲口：他把猪放在一个钻了小孔的木箱里，把鸡装在一个篮子里，让金丝雀仍旧在它的笼子里，把猫装在一个袋子里，把猫头鹰关在一个两端用草塞住的火炉的烟囱里。

当晨曦把它的螺钿色的真珠洒到石南树的桃色的茎上的时候，他已经和他的小屋子永别了。他现在知道了。他已看见过世人在广大的世界中的生活了！

隐遁在被人所遗忘了的深深的树林中，看不见他的同类人，濮佛尔便又变成了那往时怕见人而难驯的“孤独者”。

贝尔·洛勃的歌

艾尔芒·德林克

艾尔芒·德林克（Herman Terrlinck）于一八七九年二月二十四日生于比京勃鲁塞尔（Bruxelles），是名小说家，伊西道尔·德林克（Isidore Teirlinck）之子。卒业于勃鲁塞尔大学及刚城大学之后，他就在勃鲁塞尔行政机关办事，可是不久即从事于文学，编辑《今日与明日》（*Van nu en Straks*）及《弗朗特尔》（*Vlaanderen*）等杂志。他是弗朗特尔王家学院及莱特学院的会员，又在勃鲁塞尔大学，勃鲁塞尔男子师范学校，盎佛尔艺术学院主讲尼柔兰文学史。此外，他还是一个书籍装饰家。所著小说戏曲共有二十余种，均很有名。这篇小说，是从他的短篇集《贝尔·洛勃的歌》（*Het Lied van Peer Loble*，一九二四）中译出。

* * *

谁知道贝尔·洛勃的歌?

贝尔·洛勃是在山顶上，直立在黄昏之中。

那座山是濯濯不毛而灰色的，它的新翻掘过的泥土冒着烟。在山顶上，在淡紫色的天的背景上，耸立着贝尔·洛勃的侧影。从那太阳的最后的火焰熄灭了的西方，飘出了一大堆灰色的云片。

声音并不很大，但却是又冷又刺骨的风刮着，那是一种从冬天的呜咽中生出来的春天的风。云片一步步地爬到天的穹窿里，而把黑暗散布在田野上。它们是像那它们所产生的夜一样的幽暗。可是那站在圆形的山上的，伟大而强有力的贝尔·洛勃的躯体，却是更幽暗。

树林横躺在山谷中。它吼鸣着。在风中，树木一边织着它们的叶子，一边摇曳呼啸。这是一座古旧而盛大的树林。它从一个山坡的脚边，很远的，几里几里远的，一直延伸过去。在对面的山坡上，村庄沉睡着。小小的灯火在屋顶下瞬着眼。人们的灯火是胆小的。

树林是一片幽暗的炭火。一阵阵的山野的香味从它那里升上来。树林是像暗黑的生活的火焰一样。当它使树林的强有力的生气到处涌出来升上去的时候，它在复杂的形态之下现实了生活。

在这生气勃勃的春天，贝尔·洛勃感到夕暮的神秘在他的四周涌现了出来。他深长地呼吸着，想用那夜从而浮现出来的宽大的韵律鼓舞起他的身体和他的思想。他和那一切和谐的东西混和着，他的不羁的灵魂整个地被暗黑包围着，像远天一样。洛勃的胸膛是强有力地鼓起着。他的腿肚像一张弓似的紧张着。他的鼻孔和嘴唇颤动着。

他的眼睛，在眉毛的阴影之下，射出一道阴暗的火光……

啊！贝尔·洛勃的歌，它多么激烈地充塞了我的心，它怎样地颤动着，像一片险浪似的，向我的理智挑着战，像一面运命的大旗似的在我的低微的头顶上飘摇看。

沿着那冒着烟的低低的山冈，贝尔·洛勃慢慢地向着那神秘地振动着，专横地吸引着他的树林走下去。他并没有走得很远，就倚身在一棵光滑的枫树上。在这枫树中和在一切别的树木中，生气沸腾着。贝尔·洛勃也觉得在他自己的肢体中有一股生气升了上来。

树林中沉寂统治着，一种蓊蓊然发声的沉寂，一种模糊的喃喃声响鸣着。这好像是一个想消沉下去，却延长了而不得不无限地驻留着的，被幽牢在一个水晶的圆屋顶之下的音……黑暗掩蔽了树身，但是水却在光滑的树皮上闪着光。

人们听到一头枭鸟的呼声……

接着，慢慢地，雪开始降下来了，明朗的雪落到山腹上，于是那座山便像披了天鹅绒似的在浓紫色的天下面烘托了出来。树木还是暗沉沉的。空气变成更柔和，更温暖了。

贝尔·洛勃倚着这棵枫树站立了多少时候？雪已经厚厚地积了起来，而夜又像一层墙似的横在树林的上面。雪停止了一会儿，接着又降落下来。它一直停了三次，这样地标记着夜的上升。山冈微微地闪着光，一部分着消隐在黑暗之中。它闪着微青色的反光。

在离树林不远的地方，有一个几乎看不见的东西动了起来。贝尔·洛勃举起了他的枪放了一枪。枪声震响着，散布到山上，又在他后面，在那些树木的活的寺院间消隐。

贝尔·洛勃小心地向那被他开枪射击过的跳着的东西走过去，一片专心的寂静。

贝尔·洛勃，你什么也没有听见吗？难道没有一根好意的树枝揭露出死的接近吗？不要弯身下去，不要伸出手去……

贝尔·洛勃像一头受伤的野兽似的挺直了身体。他的僵硬了的腿股肉颤动着。他看见有两个人从山冈上的雪里走了出来。他退了一步，狞恶地注视着。

可是那两个人却喊着：

“站住！”

站住吗？他老是向后退，慢慢地。他的踵脚寻觅着坚固的土地，寻觅着他可以从而扑上前去的坚硬的土块。

“站住！”

贝尔·洛勃，你干什么？在你的家里，你的妻子是病倒在床上，而那卧房又是充满了深深的苦痛。你的两个儿子是并排地睡着，在摇篮的轻幕之下……

他伸开了臂膊，在雪上面奔跳着。他想见着树林的黑暗，他的避身处便是在那里。空气震响着。一粒子弹在他的鬓边发着尖锐的声音。树林变成了一个怪物，四面八方地用那些喷火的巨口威胁着他。

贝尔·洛勃在树林中四处地奔逃着。在他后面，他听到他的那些越追越近的仇人们的脚步声。他们追得很近了。他知道他不能再这样地逃了。他在奔跑的时候所留下的脚迹，把他的去处显露了出来。

贝尔·洛勃，你干什么啊？凭着老天说，贝尔·洛勃，你打算怎样啊？你难道不在你的心里看见你的忧虑的妻子和她所生的那两个孩子吗？他们是睡在那儿，并排并地，在“未来”的门槛上……

他很快地转身过去，托起了枪，描准了开了一枪。一个人颠踬在一棵榉树的横生的根上。

一声呼喊，一声咒骂。

一片寂静……

一片上帝向人类的空虚显身出来的寂静。那便是当死神举手起来的时候的灵魂的寂静。穿到贝尔·洛勃的灵魂中去的便是这种寂静。

一粒子弹在他的耳边啸着。接着，死神挥着它的大镰刀，砍在他的背脊上，透进他的呻吟着的肉里去……

那个歌，贝尔·洛勃的歌，我战颤地唱着。恐怖壅塞着我的喉咙。哦！我为什么不能用一种嘹亮的声音唱它，我为什么不能用一种雄壮的声音唱它，把它高昂而慷慨地投到风中去啊！……幽灵在我的四围骚动着，世界是一个坟墓。

贝尔·洛勃蹒跚着。他开了他的枪机，把那杆枪丢得远远的。子弹从地上苔草间发了出去，这样便瞒过了他的藏身之处。他还想跑。一道热血从他的口中涌将出来。他跪下去。他吐出了那热的生命。在树干之间，他慢慢地静静地爬着。他在灌木丛中爬着，他的拳头陷到了潮湿的腐蚀土中去。他一边爬，一边寻找，一边嗅着，一种微温的疲倦降落到他的前额上。

接着一切都变成平静、平静的了。

这强有力的树林从来也没有这样的平静过。它似乎在听它自己的生命。它似乎在听那在满溢着生气的树干中长大起来的春天的固执的上升。一个有耐心的等待鼓舞起这个卓绝的树林，可是贝尔·洛勃却感到在这个夜里那伟大的“生命”奋激着，差不多要爆裂开来。但是有时他的思想却模糊起来。

他爬着，他的躯体是沉重的。他将找到那他所寻觅着的地方吗？血从他的下颏流下来，凝住了。一种针刺似的苦痛扭曲着他的目光呆定的脸儿，一种发痛的筋肉的拘挛一直震撼他到足趾。他咬着嘴唇，紧张着他的上下颚，伸出了他的骨骼突出的头，爬着，爬着……

固执地，他一直爬到一个绿色的洞边……他滑进洞里去，用尽最后的力量把那些古旧的薇蕨、榛子的新枝和一枝野蔷薇的多刺的枝条遮在他的身子上面。于是他倒身下去，仰天躺着，叹着气闭下了他的犷野的眼睛。

他为什么应该唱完苍凉的贝尔·洛勃的歌呢？我的不义的智慧为什么一定要我完成我的心的绝望呢？那使我苦痛的夜是茫茫无尽的。它缓缓地翱翔着，跟随着我……到那里去？向那里去？哦！永恒的“那里”……哦，这个不会饱足的歌的永恒的“那里”……

贝尔·洛勃听到了神奇的声音。他张开了他的眼睛。瞧吧，晨曦在到处发着五彩的光！

在那个柔软的洞的上面，伸张着古旧的薇蕨的，榛树的枝条的，和野蔷薇的枝条的幕。再上面洛勃清楚地看见树林在一种发苍白的暗黑中伛偻着。在树林的上面，是天的高高的穹窿。在那里，有一片柔和的光流着，把天际染成微紫色，淡绿色和水晶般的青色。一些扬着白色的帆的小云片，在那明朗的空间航行着，像海船或神奇的幽灵一样。

贝尔·洛勃看出那些满着那不耐烦的生命的嫩芽在树上跳跃着。他看出一片很鲜凉的春风摇着它们，抚着它们。它们不久将开绽了，它们的开绽的微声会是温柔的吗？

的确，早晨是充满了温柔的微音。鸟儿到处跳动着，树林因而摇动着，好奇似的摇摆着。两只鹊儿面对面地坐着，好像有很正经的事要谈似的。在树顶上，乌鸦拍着它们的翼翅。它们一共有三十只，四十只。它们闲隙地，慢慢地啼着，听起来很悦耳。因为它们的啼声是从上面来的，具有一种那么活泼的无限自由的音调。不时有一只矫捷的松鼠在树干之间跳跃着……

树林变成了一个款待贵客似的客厅了。太阳像一片震响的喇叭之音似的穿进树林来。

贝尔·洛勃看见了这片景象。他看见了阳光的上升。他看见那些乌鸦现在交叉地飞起来，一起地飞着。这是一片雪或是一个影子。他看见了重重叠叠的天。他突然看见两行排成人字形的雁鹅，在很高很远的空中向前飞着。

贝尔·洛勃的心张开来了。愿这些雁鹅从很远的地方来，到很远的地方去吧！愿这些云从很远的地方来，到很远的地方去吧！愿时间从很远的地方来，到很远的地方去吧！空闲啊！无限际的空闲啊！……

愿他的灵魂从很远的地方来，到很远的地方去吧！

贝尔·洛勃接触到了永恒的神秘。他感到他终于接进到一种是自由的东西。他感到锁链解落了，他变成轻飘的了，他上升到光明中去了。他不转动他的手，他不转动他的头，他不转动他的身体。

那躺在那里的他的生命的一部分，这个躯体，是一件没有用处的东西，他懂得这回事，他将抛开了这个躯壳……

可是这个没有用处的东西，贝尔·洛勃，你感觉到它怎样地最后一次包容它的整个的存在吗？一个金发的小孩在他的父亲的屋子里嬉笑着，在着沙土的路上奔跑着，在学校里笑着，玩着。一个少年在墓地的菩提树荫下和他的爱人散着步。接着他娶了他的小爱人。两个儿子生了出来……

那两个儿子并排地睡在摇篮中，卧房里是充满了沉重的苦痛。一个女子喘着气跳下床来，把她的前额靠在玻璃窗上，向田野那面长久地、长久地望着……那时黎明正在爱娇起升上来……

那个没有用处的东西闭上了它的眼睛。在贝尔·洛勃看来，这个没有用处的东西变得像初生的黎明一样的惨白。他是睡在一个像一片寂定的光明一样绿色的暗黑的洞里。

这就是贝尔·洛勃之死的歌。

迟暮的牧歌

弗囊·都散

弗里·都散（Fernand Toussaint）一八七五年生于比京，他在比京完成学业，曾任职于司法部。除在《今日与明日》（*Van nu en Straks*）、《弗朗特尔》（*Vlaanderen*）等杂志作撰稿，又为《少年弗朗特尔》（*Jong Wlaanderen*）之创办人，《作品》（*Arbeid*）之编辑人，后复选入弗朗特尔王家学院为会员。

作品以小说为多，兼写批评。主要作品如：《乡村恋爱》（*Lan de lijk minnespel*）、《花的等待》（*De bloseiende Verva chting*）、《银篮》（*De Zilveren vrucht-enschaal*）。本篇即为《银篮》集中之一篇。

***

（一）

在一个小山的东坡上，建立着波厄[1]希安的田庄。在对

[1] Boer，意云农夫。——译者注

面小山的西坡上，安托着波厄耶恩的家园。两田庄，各有一条羊肠小径，通到流在两山之间的一条平静的溪水。一架小桥搁在这不大宽的间峪上，衔接了两岸的小径。此外，一条足够通过一辆羊角车的较阔的路，从桥边出发，沿水走，一直接上远处的大路。这条道，伸躺在波厄耶恩的田地上。那是一个老旧的地役。

（二）

波厄希安有一女儿，叫华娜，而波厄耶恩是她的继父。波厄耶恩有一儿子，名弗朗昔，而波厄希安主持了他的洗礼。当华娜洗礼宴席正告终时，波厄希安问继父，请他对于界路与小桥的维持费，参加一点小小的份儿。

波厄耶恩，当时饱尝了丰盛的肴馔，豪爽地答允了下来。次日，他大大懊悔。

当弗朗昔轮到受洗时，各人照例填满了腹子，波厄耶恩亲昵地拍着波厄希安的肩说：

“邻翁，你说怎么，让我们来将界路与小桥拆大一点好不好？”

“我不反对，继父，”波厄希安答，“可是我早就将这事搁起了。”

他在鸭舌帽底下险诈地一笑，以后他就没有别的回答，波厄耶恩的悔意更其增加。

（三）

早上，当她上学校去时，华娜总在小桥头候弗朗昔，他正好不容易地在那儿起床。她坐在桥板上，两腿挂在水面，鲜艳的脸子笑开着。她的蔚蓝的眼睛，在照满着阳光的金发之下，向前直望。

下午，弗朗昔上学校去，老迟延在小桥边，一直等华娜，帮人洗了碗盏出来。他将堤岸上的木板移来移去，想将堤筑实一点，拿石子追击小鱼，他相信在水中游着的，同时头不住地望着波厄希安的田庄，看华娜到底来了没有。

接着，他们就一起走。他们先并着肩走，不说话，一到了大路上，他们放开脚步跑了，忙着要去会合他们的同伴。回来时无非是逍遥的散步。他们看看各种植物、丛林、树木。两对眼睛注视一区蚂蚁，或一个甲虫，在小路的黄沙上来去。他们认识水边有多少麻雀或金丝鸟的窠，知道老鹦的窠中有多少卵，小雏儿们什么时候孵出来。他们一同追逐蝴蝶，或用木屐摧毁鼹鼠的神秘土宫，有时在木曜日下午，他们并在桥上，钓几个钟点的鱼，钓竿是弗朗昔制备的：一根鞭子，一条线，和一支敲湾的别针。他们时常脱了袜子，卷短裙或裤子，跑到水里用一个白铁小盒子捉鱼，或者干脆就在阳光的下打架玩儿。

（四）

弗朗昔与华娜第一次接近圣室的典礼到了，两位母亲商量筹备一个共同的庆宴，为了孩子们的幸福起见。

波厄希安满意了，而波厄耶恩也不反对，那庆宴因此更奢侈了。

两家遥遥相对的绿野连接起来了，在溪边，他们用板与支架搭成一个大桥，盖在间峪以及斜坡上。两棵年轻的苹果树只露出了它们的满开着花的梢头，它们分立在席帐的两站，仿佛两个巨大的花束，散放着无比的清香。在席帐周遭稍远处，两家的绿野正在繁茂期中。

他们宰了一头肥牛，三头猪十一头小猪，四十三只兔子，五十七只鸡，一百十二只鸽子。吃完四十七盘米饭以后，又庄严地进一百六十五块蒸饼与糕点。每个男子，桌上撮着五瓶红酒；每一女人，白酒两瓶。巨大的啤酒桶牌坊似的堆积在席帐的一角，三个幼童穿梭地来往着，替席上的空杯斟酒。

在荣誉席上，坐着华娜与弗朗昔，前面供着一只制成标本的羔羊，上有涂全木质大十字架为饰。华娜异乎寻常穿着一袭全白的长袍。她又穿着白色的袜子与鞋子，可是她含羞地将脚隐在袍子底下了。一个金质的十字架悬在胸前，在她的金黄色的发上，戴着一顶橙花的冠。她不住地望前面的羔羊，和雪一般洁白。弗朗昔亦有很好的气色。他穿一件崭新的黑色上衣，黑袜，黑漆小皮靴。在他的颈边晖映着一条白领，一个白结，在上衣左角的小口袋里，微微地露出一角花边的手帕。他的头发是卷螺的，一直披到颈窝上。他是美丽的。可是他倒愿意在溪边追逐小鱼玩儿。可是他又不敢。他直呆看前面的羔羊，或者呆看他的菜碟。

两位母亲对于这隆重的仪式，和孩子们的出类的美好，十分感动。这一天天气也特别好：太阳照在蔚蓝的天空，附近的一切树木，繁开红花白花，巴旦杏的芬芳，飘在熏风里。华娜与弗朗昔，何等巧合的小配偶！

两位爸爸，十分满意，脸上晕闪着舒适的光辉。如果他们的财产联成一片共有的资财，弗兰特全境该没有一家更富裕的农家。那样的话，就得预备一次更繁盛的宴会，与今天的宴会相较之下，今天的宴会只能说是儿戏了吧！……波厄耶恩忘记了预先打算想对波厄希安声明，他不该再参加小路的维持费用。波厄希安也忘记他预备在这一次逼波厄耶恩放大公路与小桥。到次日，他们的悔意更加深了，而他们互相保存下了沉重的芥蒂。

(五)

当波厄希安先看见他的对面的邻居走近来时，他总说一声：“日安，邻翁耶恩。”如果耶恩先看见他的邻居，他叫：“日安，邻翁希安。”接着两人恭敬地行礼。可是此外，波厄希安独自一人去赴大弥撒，而波厄耶恩也一样做。仪式完毕，波厄耶恩上“梅楼”去。波厄希安到“商业咖啡店”去喝他的酒。两人皆保守着老旧习惯，一听钟打十一点半就起身回家。可是“梅楼”比“商业咖啡店”更接近礼拜堂，因此波厄耶恩一路走，看见前面的波厄希安却不去招呼他。而波厄希安也明明听到波厄耶恩走在后边，却不回头去睬他，让他在后面固执跟随着。晚上波厄希安在“王冠居”玩纸牌，波厄耶恩到“小扶拦”去会合他的友人们。这样，他们永远不会碰头，即使在村子里，或在界路上。

星期日，到九点欠二十分，华娜和她母亲从居宅中出来。同时，弗朗昔和他的母亲也出现在自家的门口，他们正好在小桥头会齐。四人一块儿到礼拜堂去。下午他们一同去拜会熟人。他们一同回来，华娜依着她母亲，弗朗昔排在另一边。

到如今，他们已经过了第一次领圣体典礼，已经到了懂事的年龄，故开始在农作上帮忙。弗朗昔锄地，他喜欢在岸边锄，在小桥的尽头。波厄耶恩对于他儿子很信任。因他不久即看出他的儿子一边掘地，一边让土泥滚下间峪，侵占到溪水中去，藉此将他们的领土扩充。波厄希安不久也看出来了。他知这样，他更难于疏浚溪水而不使自己受到损失，故对于这儿狡滑如猴子的弗朗昔，满怀恶感。

华娜已经担任看守一头母牛。她顶愿意牵牛到水边，附近小桥的地方去。她老是走那条羊肠小径，波厄希安暗暗高兴。因他立刻看出，那路上的乱草，不加割除，可以再供他养一头牛的食料。故他一任好草恶草自由滋长，同时那头母牛得以从容选择它的供养。波厄耶恩不久就知道他付一部分维护费的那条路，已经无人修理了，而波厄希安反而利用他的损失养活一头牛。他的憎恨直燃烧到狂暴的程度，“我一个子儿都不给了，这条道。”他忿忿地结论说。

（六）

高杜儿，波厄希安的女人，去世于某一夏季。隆重的丧仪，举行了一个十一点钟的弥撒。礼拜堂上满挂黑绒帏幔，镶着银色的条子，像眼泪。五十支大蜡烛，照耀在大祭台，以及两侧的小祭台上；七个穿丧礼服的大僧主持弥撒。下葬之后，波厄希安在宅中为众人备斋。他延聘了村中最高明的女厨师。筵席比上次领圣典礼时更丰美。因波厄希安无论如何不愿意别人说他没有波厄耶恩他就变成一个穷蹇的小子。肉、鱼、野味，整车地消耗。二十七盆米饭，吃得干干净净。九十块蒸饼及糕都津津有味地被吞了下去。五大桶啤酒，叠在园里，四个童子不停地穿行着，灌满那些酒壶与酒瓶。远远地，大路的那边，村中的穷人们眼睁睁望着他忙碌的穿行与欢笑作乐。

波厄耶恩没有被邀请。可是这边大张筵席时，他在那边时常闪现在自家门口，露了衬衫，胸前衬着一方洁白耀眼的食巾。他的面孔十分红润，发光。他不时用大声打开一瓶酒，瓶子夹在两膝间，接着将瓶子擎到空中，用舌头括着瓶口作大声，同时用识货者的眼色狡黠地看。有时，他用洁白耀眼的食巾的一角，擦着满流大汗的脸，用了九牛二虎之力放松他的裤带，沉重地倚在门框上，艰难地呼吸着。他仿佛吃得太多受不了啦。可是弗朗昔却成天没有露面。

（七）

高杜儿去世后三个月，雅波丽娜，波厄耶恩的女人，也断送在积久的劳瘵病里了。她的尸体还没有全冷，波厄耶恩已经去找了二十个工人，筑起一条新的道路，从他家通到溪边。他从各处搜寻了碎石与细灰，在新道上盖了一层细石。你可以说这是大厦的通衢。波厄耶恩不愿意人家相信他不肯牺牲一块田地而使自己能自由独立。雅波丽娜的葬仪在早上开始，十一点钟举行弥撒。村中教士用隆重的仪仗来参加葬礼。四个扛火炬的人。当葬仪行列出了波厄耶恩的门，在羊肠小道上向溪边走，有一辆载秽物的塌车历落发着大声，从波厄希安的门口出来。车轮发疯一般震响着，表示出它们的冷嘲。大车从斜坡上慢慢地下来，走向小桥，转到旧的界路上去。它正和溪水那边的葬仪行列并排前进，与跟着灵柩的波厄耶恩与弗朗昔并行着走。波厄希安自己，这时出现在居宅门口，他穿着工衣，两只脚臃肿不堪地套在塞满干草的木屐中。他红涨的脸，覆着一顶灰色的鸭舌帽，鸭舌斜覆在耳朵上。他若无其事地靠在门框上，望望丧事的场面，一边卸着一支长的烟斗，喷着一阵阵的浓烟。可是别人仍没有见到华娜。

(八)

到后来，波厄耶恩再不能没有女人在田作上帮忙。他雇了一个年轻的女仆，她在地方上素来有马一般能劳作的名誉，可是品行很轻佻。弗朗昔不能忍受。而老主人打定主意无论如何反正得使田作顺利进行，如车轮一样，这也就是新来的女仆所最努力的地方。

现在波厄耶恩在田作上有了进步，因为有那条讲究的路。他还制备了一辆轻马车，和一匹挽车的马，故他能节省时间。他成天出入皆坐马车。每当他进出时，他故意将鞭子抽得震天价响。他坐在马车上，腰挺直，像一根蜡烛，手执缰绳，神气得像个男爵。波厄希安可以随意看他或窥探他，这是没有什么可说，没有什么可计较的。可是每当波厄耶恩上道的时候，老是碰不见波厄希安和那个狡丫头华娜。至于弗朗昔，他永远不愿意坐马车。他老是一个人出去……有一天弗朗昔出去抽签[1]，他到正午才回来，显出沉着而失望的样子。波厄希安一见他这副神气，就缓缓地走到门口，很快意地冷笑着。可是弗朗昔刚跨进家门，那边波厄耶恩已走下高坡来，兴高采烈地吆喝着。他背后，女仆旋转短裙跳踊着。波厄希安知道他弄错

[1] 抽签征兵法，中者应役，否则免之。——译者注

了，弗朗昔抽了一个很好的号码。在这点上弗朗昔仿佛是吉星高照的。可惜他是波厄耶恩的儿子。要不然，多么奇妙的事情：两家的田庄合并起来！

当下他设法讲和。他忽然看见华娜的光艳的脸了，虽然一会儿以前她正在哭。同时他听到波厄耶恩和他的女仆在小桥边美丽的路上，高谈阔论，而且呼啸着。那女的高扬着一张纸片！波厄希安不觉大怒。

“为什么你这样快活，华娜？因为弗朗昔的缘故么？你不知道波厄耶恩与弗朗昔两人与女仆皆有关系的么？”

“呵，爸爸！”

“那么难道只有你偏偏不知道这件事？他们三个，是混在一块儿的？”

“呵，爸爸……”

“你愿意嫁给这种人！等我死了以后……”

“呵，爸爸……”

“等我死了以后……这正是你所希望的。可别干这件事，跟这样的一个无赖，这成精的猴子，要不然的话我会咒你。”

他站在暗淡的餐室中，拳头向着波厄耶恩的田庄，他相信他的话蛮对的。他自己很清楚，以为他是一个好父亲，好像在亚不拉汉的时代[1]。华娜隐忍着痛苦，兀然坐在桌前，向前

[1] 古希伯来伯族长，见《圣经》。——译者注

痴望，两手叉在膝上。波厄希安自己也柔和下来了：不该对他的独生的孩子这样严厉，可是有什么办法呢，事既然如此……

（九）

几年后，波厄耶恩去世了。丧仪是合身份的，可不怎么辉煌，并没有隆盛的酒席。丧事的次日，女仆离别了田庄。“人家赶我走，”她对那些愿意听她的人叫，“我在那边过完最美的青春，我和负重的牲口似的替他们卖力！”不久，一个老虔婆安顿到弗朗昔家中，于是生活重新在常轨上前进了。

在波厄耶恩以后三个月，轮到了波厄希安离开这个世界到另一世界去。他的下葬并没有什么铺张，十分简单。有一农夫，因自家事业不顺手，自荐给华娜替她管理田地，于是季节重新在单调中轮转着，用着他们互助的劳力与同一的目的。

一天，华娜在小桥边遇弗朗昔。他们一同去赴弥撒。弗朗昔用潮湿的眼睛注视华娜一直低着脑袋赶道。华娜在外表上渐渐地完全变成虔诚信教的人物，老穿着黑衣，金黄色的头发梳在后边，盖着一条深棕色的小手巾，好像戴着一顶不能动的同色的风兜。可是她也只有星期日才忠诚地上礼拜堂。

别的日子，她尽做活，好像一家全仗她支持似的。田地倒是很兴旺，虽然家中能担任重大工作的，只有那个老钝的仆人。在播种的季节，一个庄严的侧影来往在田间，黄昏到了，人还延挨在外边耕地撒籽。接着，跟着万物的循环，八月又来到了。在月亮和星星的银辉之下，人家还听到镰刀的响声，割下麦草的神圣歌讴，满载着金黄麦穗的手挽车的声音，或者枷子在空气中打着节拍。在平时，整个田庄该已经在安息中了。

天一拂晓，弗朗昔的田庄，坐落另一座小山的西坡的，首先从夜的见光而遁的阴影中出来。白色的墙垣反照出强烈的侧光，屋顶反映出深红色，人家可以说它是新漆过的。可是门户窗牖皆紧闭着，仿佛庄中人们正在开始安息。华娜每天早上皆注视对面，从她自家还被暗影包围着的门口。她发一种柔和深刻的感情，好像一个天真的孩子。可是她的心，常常立刻就关闭下来。她记起从前波厄希安正站在同一处所，穿着塞草的大木屐，便帽斜覆耳上，口卸烟斗，火车头似的喷着烟，故意要引动波厄耶恩的忿怒，在行丧礼的时候。她相信这是一种罪恶，迟早要得到报应的，于是她起了个寒噤。

他死去的父亲，阻挠了她的志愿……

可是弗朗昔的事务，不见兴旺。波厄耶恩所筑的那条漂亮的路，以前老是小心将护着，现在已经让荒草掩没了而不留痕迹了。可是路尽头的那架小桥却完全和从前一样整齐。

什么全没有改变。没有加过一根新梁，一只新钉，也没有一块蛀腐的板。人家任便什么时节全可以应用它。

每天每天，一等黄昏临近，弗朗昔出现在已经被阴影包围了的，他自家的门口。华娜的田庄还辉耀着，孤立在夕阳的反射之下，白色的墙垣焕发在强烈的侧光里，红色的屋顶好像开放着一朵香味温柔的奇花。弗朗昔看到华娜的庄园里，季节循序流逝着，也无可避免地过来，旋又立刻消逝在岁月的坚定的轮转中，他知道他的劳作，有规则的日常的劳作，他只好愁惨地和老年的女仆一同去完成。他也知道华娜的园地上所必须实施的工作。而这工作，只有他能够胜任愉快。有一天，他要想对华娜开口了，她尽赶着道儿头也不抬。那是真的，以前有一天，在一同处所，波厄耶恩残酷地跑来，故意仿佛开玩笑似的流着汗，舔着嘴唇吹气，要引起波厄希安的忿恨。已经做的事，无可挽回。

（十）

华娜死了。她将所有的财产遗赠给弗朗昔，用了完成义务的感情。村中有人谈论着，说波厄希安与波厄耶恩的心愿，终于算是实现了！此后，别人不再谈到他们了。弗朗昔对于这部遗产十分漠然，反正此刻华娜已经不在人间了。他独自住在自己的庄园里。年月继续着过去，他的衰弱也增加，他觉得他的无变化的工作，渐渐缩小了范围。荒草到处滋生，挺着坚韧的茎，蔓遍了田间、院落和路上。两岸绿野上的树木，无人修翦，繁密成野蛮纠结，可是永远有正味的果子，先后成熟着，一个个坠落到荒草上，白让太阳晒焦。可是每晚，弗朗昔仍出来坐在荒芜庄院的门口。他深长地呼吸着，感到一种忧郁的幸福，荒芜带着亲切的空气，散播在他周围。他望望立在对面的，华娜的空虚的庄院。庄院在他眼里，也一天天破败下去了。到他更老时，他仿佛看到华娜出现在对面的山腰上，在门前向他遥遥致敬，有时向他挥手招呼。可是他永远不会觉得被引诱。走向小桥的羊肠小路已经分辨不出来了，盖满了车前子与野麝香，就是小桥也变成无用，现在华娜既经死了，只剩下一根霉腐的柱子，盖满苔藓。只有小溪的水，日夜清澈地流着，絮语着永恒的歌曲。

溺死的姑娘

加雷尔·房·丹·曷佛尔

加雷尔·房·丹·曷佛尔（Karel van den Oever）于一八七九年十一月十九日生于盎佛尔（Anvers），殁于一九二六年十月六日，是画家龚斯当·房·丹·曷佛尔（Constant van den Oever）的弟弟。他的教育是在盎佛尔的圣诺尔贝学院和圣约翰倍尔希曼学校受的。文学生涯则是在《弗朗特尔》（*Vlaanderen*）和《永远在前》（*Alvoorder*）开始的，以后创办了《弗朗特尔的作品》（*Vlaamsche Arbeid*）杂志。

他特别是一位诗人，诗集有《在早晨的苍茫的远方》（*In Schemergloed der Morgenverte*，一九〇一）、《卑微的东西》（*Van Stille Dingen*，一九〇四）、《盎佛尔颂歌》（*Lof van Antwerpen*，一九二一）、《银的火炬》（*De zilveren Flambouw*，一九一八）、《战时诗歌》（*Verzen uit oorlogstijd*，一九一九）、《开着的窗》（*Het open Luik*，一九二二）、《翼影》（*Nchaduw der*

Vleugelen，一九二三）、《圣山》（*De heilige Berg*，一九二五）等集。

他的短篇长篇小说一共只有五册：《冈比尼短篇集》（*Kempische Vertelsels*，一九〇五）、《浪人之城》（*De Ge-uzenstad*，一九一一）、《旧盎佛尔短篇集》（*Oud-Antwerpsche Vertellingen*，一九二〇）、《赤马》（*Her rood Poard*，一九二二）、《保罗的内心生活》（*Het inwendig leven van Paul*，一九二三）。这篇《溺死的姑娘》，便是从他的第一部短篇集中译出来的。

* * *

从前，当我幼小的时候，我和我的家中人住在北勃拉邦省一个名叫"古尔登霍夫"的荒凉而满蔽着野生树林的地方。在那片广大的荒地的中央，有一个幽暗的公园。那公园中的树木，是从来也没有人去伐过的。那里有成千成万的树木，那数不清的灌木和荆莽是更不用说了。

我们的精致的小屋子是坐落在一条穿过这片荒地的路上。从那里，数条小路蜿蜒地穿到公园中去，一直通到公园的尽头。在那里，有一个澄清的池塘像一块被太阳所映照着的大玻璃似的闪耀着。

在那池塘的中央，一道鲜明的喷泉像瀑布似的飞跃着，然后重新化成一片白色的细尘，落到了池面上。池水在这落下来的水珠之下剥剥地响着，起着软软的圆形的波纹，一直推移到岸边的瘦细的芦草边。

这个池塘常常是我的一个快乐的泉源。在我少年时代的闲空的日子，我往往整天地在那里找到那么繁复的快乐，竟至乐而忘返，装着听不见那叫我回去吃晚饭的声音。那地方的引诱力是那么的大，特别是当天空在那里整个地映成青色，鲜明的青色，间杂着芦苇，树木和花草的灰色的影子的时候，或是当太阳把它全部金色的火光，那么辉煌地倾注到那里，使池水像一片金鳞似的闪动着，使那高高地扇形似的喷射着的喷泉，也像着了火，放着鲜明的彩色的时候。那时天气多么的好！被喷泉的老是很平均的霰一般的声音所摇荡着，我在水边游戏，我快乐地拍着那散成珠粒的水，欢呼着，我把麦草和芦苇的茎丢到水里去，看它们受着我的手的推动，慢慢地飘荡到喷泉边去。在那边，它们像淋到了雨似的受到了水珠的飞溅，战颤着，旋转着，被卷到旋涡中去，慢慢地沉下去。我发狂似的感到有趣味，什么别的东西也不能使我抛开这种游戏。可是……可是有一天我竟碰到了这件事……

那一天天气热得异乎寻常。一片压人的又热又沉重的空气，在那被薄暮的最初的影子所染成幽暗的公园上面浮动着。我似乎觉得在那边，在远方，在辉煌的西方，人们不停地在烧燎火，我似乎觉得那散布在我们的屋子上和公园上的，便是那燎火的酷热的气焰。真的，天是那么的红，树胶一般的红，好像松树和沙土都已烧过一样，以致我竟想不出一个别的解释来。

在整天之中，那固执的头痛抓紧了我的两鬓。酷艰的暑热使我疲倦而乏力，一直使我浑身都软绵绵地。因此，在这一天白天，我一次也没有到那池塘边去。我只散步到公园的头几行树边，在那里，那从太阳坠下来的猛火一般的暑气，强迫我立刻回到我家里的比较凉快一点地阴下去。

现在，当薄暮降下来的时候，我像一个可怜的梦想者似的凝对着那个边屋上的牛眼窗。因为我的头已慢慢地不痛了，我便欣然地望着那些树木的还微微染着光彩的，老是像那慢慢地熄灭的炭火似的辉煌着的树顶。它们金碧重叠地堆积着，像轻浮的波浪似的飘开去，消隐淡青色的远方。当一片淡雾在那几千颗灿烂的树木间升起来的时候，当那些荒凉的小径充满了一片香篆的轻云，好像夕暮向我们的好天主耶稣点起它的香炉的时候，树木之间已经飘浮着灰暗的暗影了。

我处身在一种很奇怪的心境之中。我觉得那长长的大暑天在我的心头勾起了各种奇怪的思想和幻觉，以及我终于觉得夜的氛围气是神奇的了。

一棵充满了暗影的大树在我们的暗灰色的屋顶上伸出了它的密叶丛生的头，不断地静静地凝看着我。我相信我们一点也没有要互相说话的意思。它的平静的梢头，是充满了那和鼓舞起我的头脑的梦一样清爽的梦，而夕暮呢，它也是完全地平静，几乎是太平静了。当我想着这些事的时候，我突然惊惴起来。我张大了我的栗色的眼睛仔细地看，我像一弯新月似的俯身在窗口，俯瞰着那夜的空虚。在黄昏的轻描淡写的微青色的渊深之中，我的那只五个手指活动着的右手，好像一心在像蝴蝶似的绕着一个黑暗而看不清楚的摇动的圈子飞舞着。可是我的两只小手却的确没有离开我的手臂。后来，我才懂得那是怎么一回事：一只像泥土一般灰色的蝙蝠，差不多没有声音地在我下面飞舞着，很活跃地在捕夜间的小虫吃。

这件事本身是一点重要也没有。我还是一个很爱动物的人，可是这只蝙蝠所使我引起的恐怖，却比它所给与我的魅力更大。我决意不再去想它，决意关上了窗子到那幽暗的树木丛生的公园中去散步。

那里是沉静得像我们村子里的教堂。幸而我很熟识那些通到池塘去的，在可怕的大树之间的小径。这正是我的一个气壮的理由，因为我不必在树木之间摸索着，又不必数着树木才找得到回来的路。

我一点也不懊悔作这个散步，因为在整个公园中浮着一种有点沉重、有点奇怪的温暖的空气，好像是在那些有许多黄色的蔷薇开了很长久的深闭的大房间一样。我在这公园中突然有了这种残花的印象，我又欣然把这种印象联到我以前所感受过的别的香味的感觉去。

现在，夕暮已经完全降下来了。在举眼从密密的枝叶间望上去的时候，我一颗星也没有看见。在五张波动着的小叶子的空隙之间，我微微地看见了那在一片灰黄色的雾气之中的圆圆的月亮。它好像是一片从香炉里飘出来的棉絮般的小烟云。

在做了这个比较之后，我觉得这晚有许多诗意要向我袭来。在那些狭窄的路上，那些榉树沉睡着，它们一点也不注意我，一丝风也不搅动它们的垂倒着的头，因为在这疲倦的一天之后，大自然自己也感到疲倦了。

我应该承认，这次散步很使我快乐。在到了一条比较宽大的路上的时候，我感觉到我的颊儿上更鲜凉起来；我猜出在左面一定伸展着那野草丛生的，蔓布着金黄色的大黄的湿草地；池塘以及它的庄严的喷泉准也不远了。

我又穿过了一条横在荫着池沼的小蒴藋林之间的小径。我立刻听到了那老是喷成一道孤独的泉，散落成了银露珠雾的喷泉的潺湲之声。我走上了那条穿过草地的小径。从那里，我可以看见那道喷泉。它的声音已变成格外清楚格外单调的了。

在那湿草地上，一时有一片轻微的战栗爬上我的背脊来。我感到那些濡湿的草拍着我的穿着薄薄的袜子的脚，而起了一种很不痛快的感觉。在整个公园中，这地方也是在晚间最黑暗而最悄静的。它是沉浸在一种墓地的沉静之中。再过去一点儿，池塘的黑色的水面在暗影中闪烁着，而每当喷泉所喷出来的宽弛而呈乳色的水太弯向岸边的芦苇的时候，那些磷光般的反光便在水面上闪成长长的波纹。

因此，我不期而然地寒战起来，这件事是毫不足怪的。当我向周围望着，而看出全片草地的周围是围着榉树和垂杨，而这些榉树和垂杨又好像是暴风时雨的沉重而层叠的云的时候，我感到有点不舒服。那像鸽子一般白色的泉水，就在这个背景上笔直地升上去，形成了一条单独的细曲线。它喷到了顶端，踌躇地分开了，接着便散落下去，好像是把灰色的珠子洒在一件红色天鹅绒的大衣上一样。

我终于走到了那默默的芦苇静立着的池畔。因为那不肯放松的疲倦把我的腿弄软了，我便小心地坐在湿草上面。我的濡湿的手抱着我的膝，而从那些细细的暗黑的芦苇间，我可以很清楚地看见那在嘶嘶作声的喷泉。

一种平静包围着我一点微风也不飘动那些芦苇和湿草，只有那喷泉的有规则的声音，依着一种单调的节奏，在夕暮的沉静中流动着。因为我不断地凝看着那个迷人的喷泉，我的眼睛有些发痛，可是我总不能把我的眼睛移开那纯洁而宁谧的喷泉。

这样，在我的鬓边，不久便起了一种奇怪的空虚和一种隐然的神往。我几乎已不复感到我的差不多是冰冷的手，以及我紧抱着我的膝的那个动作了。那在最后一层的树林，已变成那么的黑，以使我看去竟好像是一描画在黑色的背景上的墨炭画。至少在一种还是潜伏的不安占住我的时候，我看出是这样的。我的眼睛是张得很大，而蒙着一层寒冷的厚水气。在这个时候，如果有人能凝视我的目光，那么他一定会责备我，说我不应该那么长久地凝视着这太微妙的喷泉的那么纯灰色的，那么理想的纯洁的飞跃为了要移开我对于这种景象的注意，他或许会吻着我的冷冰冰的颊儿。

可是我却老是坐在那儿，一动也没有动。在几天之后，我对我自己说，我当时在这个奇异的夜里，颇有点像一个神而难测的小斯芬克斯。

这是一件真实的事情呢，还是我的花迷了的眼睛的幻觉？当我这样坐着凝望的时候，那条轻轻的喷泉慢慢地变成了更宽大的轮廓和折纹，好像是一件花水晶的衫子，同时，那条射到顶上落下去的水，慢慢地开成了一朵花的样子，像一个金发的女子的温柔地微笑着的忧郁脸儿似的转动着。

在那个时候，池塘中的水，芦苇以及树林，都忽然显得被这个梦一般美丽的幽灵的女子的飘渺的圆光所散出来的温柔的淡黄色的光所映亮了。当那成千成万的鲜露珠散落在那些芦苇和野草之上的时候，它们的光彩便愈来愈明亮了。

我的心应该是会猛烈地跳起来的。可是我却一点也没有什么。那占据在我心头的微微有点使人难受的迟缓的恐惧，已平静了下去，一直到和缓地遗忘了这种不安。这种不安虽则还固执不去，但却已不是艰难的了。我的咽喉已不复膨胀着，像喝了一口太凶的莱茵酒了。渐渐地，当那如此苍白，但却如此明亮的光浴着我的眼睛的时候，我便忘记了我自己的不安了。我不停地望着那奇迹地从喷泉中涌出来的，既不说话又一点也不动的梦中的女子。我不敢移开我的目光，也不敢瞬动我的睫毛，因为我天真地害怕她看见我在那里，我是无论如何要不让她看见我的。在我身子下面的凝着露水的草，是已经足够凉爽了，在我眼睛旁边的我的冰冷的手，是已经足够僵硬了，我的小小的胆子哪里还会去惹起别的不快之事，哪里还会去创出别的烦恼呢？

一片幽灵似的、棉絮般的涡旋着的微光，闪烁着散布在她整个身子上和她的衣衫上，而在那轮廓和边端终结而隐然混和到夜气中的地方，一圈紫色的烟雾般的边，像酒精的微弱而紫色的火焰似的在四周燃烧着。

然而，当我终于敢微微地转动我的眼睛的时候，我总能在这片眩目的光之间，辨别出她的衣裳的颜色、式样以及优美的线条。

在她的细细的腰枝周围，一条鲜红色的腰带娇媚地束着她的桃色的长衫子；那有宽大的裥折的衫子的长裾飘浮在水面上，像一种形如极大的酒钟的水生植物的叶子一般；她的脚一定是隐在那些裥折之中，因为它们并没有露出在衫子的边上；那衫子似乎和池水是连成一片的，有的地方是黑色的，有的地方却微微地闪着光。她的金红色的头发是卷成厚厚的辫发分披在她的鬓边；她的陷在一种迷梦般的固执的沉思中的那双如此奇异地鲜明的眼光，是在水面上溜动着，在寻觅一种就是我幼年的明炯的眼睛也分辨不出来的东西。

我特别惊赏她的娇媚地倾向池面的，象牙般白、杏仁般圆的美丽的脸儿；天鹅绒一般的眉毛用它们的两条乌黑而庄严的线条荫蔽着她的眼睛；她的覆盆子一般红的富于肉感的静默而明朗的嘴唇，表现着一种宁静和一种很特别的内心的满足。那在我觉得是严重而紧要的事，便是我发现她的袖子在下膊的地方是比上面更宽大更空虚，它们微微地遮住她的纤细的手。在手上，我却并没有看见一个指环。

我终于因为想知道她要做什么而不耐烦起来了。这种不耐烦在我心头增长起来，扩大起来，像那先很细小地从烟囱间升起来，飞到天上，而终于布满了天空的烟一样。

最后，我好像觉得她在动了，这当然是动得很轻很奇特的。我从翻动的裥折上，从她的衫子的可爱的波动上，从那飘起她的下垂的袖子的优美的挥动上，我看见她是在动着。可是她的头却还是一动也不动，老是垂倒在褐色的水面上，梦想似的用眼睛在寻觅着。

踏着一种异常慢的步子，她走到对岸的芦苇边去。她的衫子的波动着的边裾，甚至拂着芦苇的茎。芦苇倾倒下去，摇摆着它们的梢头，接着又立刻竖立了起来。

突然，那个女子站住了。一只手稍稍地提起了她的衫子，她低低地向水面弯身下去，伸出了她的另一只手。她的手是那么的接近水面，以使袖口也浸到水里去，而惹起了一圈小小的波纹。

当她站起来的时候，她的手指间拿着一朵小小的野白菊花，一朵简单的花，好像是一个金心的白而且圆的小太阳。她眼中显着一种那么多情的目光，嘴上露着一片那么快乐的微笑看着那朵花，使我不禁想起了我那常常这样凝看我的母亲。

可是在还没有作着这种比较之前，我不禁想到，看见这个美丽的女幽灵，在这虽则生长着蝴蝶花、百合花、小睡莲和其他的花，却从未看见有小野白菊花的池塘中，采着那些小野白菊花，那是多么的奇怪。就是现在，当我把我的虽则或许有点昏花的炯明的眼睛大张着的时候，我也看不见在那暗暗的水面上有什么小野白菊花。

可是，那个陌生的女子却依然还是默默地不停地弯身到水面上去，小心地采着那些可爱的乳白色的花。当她的纤细的手微微地碰到了水面的时候，便有一朵小野白菊花从她的纤纤玉指间开了出来。同时，我便听到了一种细小的爆裂声，正像当我无聊时在公园的潮湿的小树林中折断一枝小树枝的时候所听到的那种声音一样。

这天晚上，我已经听到了许多次这种折断花茎的声音了，而每当听到一次这种声音的时候，我便看见她老是很优雅地站了起来，将一朵新采的花放在她的柔软的臂弯里。那里已积成了一大束的花了，脱了皮的茎和濡湿的叶子露出在她的宽大的袖子外面，小野白菊花的白色的星形在她的臂上跳动着。

我深自庆幸她没有看见我。她是在池塘左边的尽头，而隔着那我蹲在后面的细细的芦苇，看出去，我觉得她是像青春女神海佩一样的年轻可爱，像太阳一样的美丽，具有希腊的女神的美。

把那一束小野白菊花抱在她的软软地弯着的臂间，她老是梦沉沉地站在那里，好像是在水面上找到了别的美丽的花似的。接着，她继续走上前去，于是我清楚地看见她的摇曳的长裾，如何地在水面上划着起漩涡的波纹，这些波纹慢慢地飘到芦苇间而消隐了。我们竟可以说这是在一条平静的河上的小船的航迹。这种景象在我的心头引起了一种深深的不可言喻的快乐。

正如我会在一千张脸儿之间辨认出我母亲的脸儿一样，我接着便想起了那突然像闪电一般猛烈地占住了我的心头的悲哀和不安。

一枝美丽的野白菊花从她的臂膊上坠了下来，可是还没有落下去，却靠着一片尖尖的小叶子，钩在她的袖口的边缘上。那朵小小的花悬挂在那儿摇摇欲坠，使人看了担心。她急忙伸出她的空着的手去抓那朵花茎，可是在匆忙之中她触到了那张小叶子，于是那朵小野白菊花便旋转着坠落了下去。

可怜的她啊！她一边小心地挟紧了她的臂膊，抱住了她的花儿，一边慢慢地弯身下去拾那朵小花。那时，她的一绺头发便到了她的额上。她的手已经碰到了水面了，可是她想重新提起她的手，并稍稍竖起她的上身来，去把那像一朵新的五月之花似的开着的她的披下来的头发，向后抚上去。

现在，她的身体完全倾斜着了，她好像是悬挂着似的……天啊！……她突然发出了一片凄惨而绝望的呼声，一片充满了死的恐怖和战栗的呼声。这呼声在公园的暗黑而寂定的树木间化成了一千声回音，使我害怕得脸儿都发青。她似乎颠蹶着而倒了下去……在一瞬之间，我看见了她的因恐惧和可怕的不安而张大了的眼睛，她的变成完全青色的，麻痹地张开来的可爱的嘴，她的颊儿是像月光一般地苍白，她的头是向后仰着，好似想逃避一个可怕的危险。

那一大捧小野白菊花四散在她的周围，散成了一片乱雨。而她呢，她绝望地张开了她的臂膊，于是她便……天啊，是的，于是她便倒落了下去……

她像一束麦草似的倒下去，她倒落在水里。一片闪烁的水花，在她四周飞溅起来。

我已在野草间站了起来，害怕得发抖。我已不复感到僵木和我的身体上的寒冷了，我已不复看见那搅动着在沉睡中的睡莲和百合，并把一片喧嚣的水波驱赶到芦苇间去的飞溅的波浪了。

在尽可能近地走下岸边去的时候，我恰巧还能看见她的显着死和绝望的苦痛的，濡湿而十分苍白的脸。她的颊儿上遮着水，发着亮。在朦胧之中，她的头发是贴在肉上，纷披在她的差不多已沉下去的焦急的脸儿上。

她还能发出短短的被闷住了的尖呼声，可是这呼声立刻就变成了一种临终的喘气声，而被那堵住她的嘴的水所掩住了。她的手还在水面上绞扭了一次，她的金色的头发像蔓草似的散披在她的沉下去的身体四周。在一时之间，我还看见她的衫子的白边浮到水面上来。

那时池塘中起了一片嗖嗖作声的轻微的波浪，巨大的水泡一个个地爆裂开来，而那些被抛弃了的小野白菊花呢，它们一任那暗淡的波浪慢慢地推移过去。

我是害怕得异常，抓住了一根在我面前的芦草，捏着它，拉着它，竟至把它折成一段段的。我发了野性，又拔了一根芦草。我把它使劲地绞在我的手上，以致在第二天我手上还留下那青色的发痛的印痕。

我不能相信会有一件这样凄惨的事。我突然不自觉地闭了我的酸痛的眼睛，接着又张开了它们，看看我是不是在做梦。我竟会承认我是在梦中看见这些事的，因为那池塘已恢复了它原来的平静，澄清地铺在我的前面。那道明洁的喷泉平静地喷着，射着它的单调而喧响的水。在那刚才从一片乳白色的云里露出苍白而疲倦的脸儿来，并在树林间和草地上燃起了一片微温而不强烈的火光的踌躇的月亮下，这喷泉映着微微发绿色的水晶般的反光。

可是我却并没有做梦，因为那些小野白菊花静默而寂定地浮在池面上，纷乱而破碎，一点也不美丽，完全被一种暗黑而沉重的水所溅湿，好像是一种奇特而不经见的植物。

我不知道我在这池塘前凝看了多少时候。我的眼睛发了定，惊愕地大开着，含着那从我忍住了的哀痛的深处涌出来的热泪。我只听见那喷泉的喷涌之声和坠落到平滑的水面上的声音。在夜的大沉静之间，那树木丛生的公园是全部浸沉在最沉重的安息中。

慢慢地，我在水中看见了几颗还呈着苍白色的星的破碎的反光。一种幸福的宁谧，开始把它的慰人的芬芳散播在我的心头。

接着，我也看到了那明亮的在一颗大榉树的错乱的瘦枝上面停留着的圆圆的月亮。我因而知道时候已经很迟，我应该回家去了。我勉强装着一副满意的脸色，好像什么特别的事也没有出过似的。

然而，在离开那幻影的奇异而动人的地方的时候，我不却也有点艰难。我敬仰地划了一个十字，又慢慢地背了一遍主祷文，祈求上帝不要使那如此爱花的美丽可爱的女子的灵魂受永久的苦难。

我慢慢地离开了那草地，可是却还不时回头过去看那平静的池塘和庄严的喷泉，一直到走到一条穿过蕑藿的小树林的小径的拐角的时候才不回头去望。我继续走我的路，穿过整个公园，不停地沉湎在我的默想中。同时，那泉水的悲哀的，差不多是动人的潺湲声，远远地伴着我，差不多一直伴我到我的路梢，又在我的耳边像一个凄凉而哀叹的歌似的响着。

只是在几年之后的一个夏天的酷热的下午，我才从在一家乡下客店中玩着纸牌的几个乡下人的口中，知道“古尔登霍夫”那地方往时曾住过一个名叫琚杜儿的可爱的姑娘。她和她的父母住在一起。有一天晚间正要下阵头雨的时候，她走到公园里去采那些最美丽最鲜艳的小野白菊花，人们从此就没有看见她回来。在寻找了一个整夜之后，第二天人们只找到了她的那块挑花的面幕：它浮在池塘的水面上，四周围着一大摊偶然落下来的小野白菊花。

这可怜的女孩子因为在黑暗之中采花而溺死了。据那些玩纸牌的人们所神秘地讲给我听的话说来，从那个时候起，在炎热的晚间，人们可以看见她的女子的身体，柔和的幽灵，在寂静的池塘上徘徊着，重新悲哀地采着那些可爱的花。

在夏天的晚间，在我们那地方的穷家小户中，人们还继续在替那可怜的溺死的姑娘念许多主祷文。小孩子们甚至还学会了一个很淳朴的歌，歌中说：邸宅中的那个青年的贵妇，有一天晚上独自到她的花园中去散步，她采了许多很美丽的花，她坠在她的花园的池塘中而溺死了……

圣诞节的晚上

洛德·倍凯尔曼

洛德·倍凯尔曼（Lode Backelmans）于一八七九年一月二十六日生于盎佛尔（Anvers），是当地民众图书馆的司库，盎佛尔师范学校的尼柔兰文学教授，莱特学校的会员。他创办了《永远在前》（*Alvoorder*）杂志，又是《时间》（*De Tijd*）的主编。

所著长短篇小说共有二十余种，闻名于世者有《“开花的野蔷薇”的老板》（*De Waard uit den "Bloeienden Eglantin"*，一九〇三）、《狼狈的腔儿》（*Dwaze Tronies*，一九〇七）等，这篇《圣诞节的晚上》是从他的短篇集《人们》（*Menschen*，一九一七）中译出。

他也写戏曲和批评，戏曲著名者有《欧罗巴旅馆》（*Europa Hotel*，一九二一）、《小耶稣摇他的羽床》（*Deezeken schudt zijn beddeken uit*，一九二一）等，批评文著名者有《三个弗朗特尔的写实主义著》（一九一八）、《古诗人》（一九二〇）等。

***

雪已停止了。即些皑皑白色的街路，在一片星月交辉的清朗的天下闪烁着。

一片苛烈的风逐着那闪光的尘土，在电线间呼啸，刮过光亮的屋顶。在这奇异的晚间，任何别的声音也不存在。

两个人孤寂地徘徊着。那个芬兰的水手和那位青年的诗人，是在一家客店里碰到的。那个芬兰人壮健的大汉，在那矫捷而关心奇遇的金发的少年人旁边，踏着水手的整齐的步子走着。他们的结识，是只要在这圣诞节碰着杯子喝几杯酒，并互相说几句航海用的英文就够了。两个人在港口区方散步，而所说的话又少又不完全，这实在可算得是一件乐事。

在圣保罗路上，他们在一家酒店的门口站住了。在窗玻璃上，他们看见写着这个店号："特罗加代洛宫"。在钟塔上，钟声报了十一下。

"我们进去吗?"那芬兰人问。

"里面有漂亮的娘儿们呢。"那诗人回答。

这个"特罗加代洛宫"和那真真的广大的特罗加代罗宫一点也没有相似之处。这所建筑在路角上的没有出路的屋子，是靠着警察局的后面的。这酒店却有像一方手帕那么大小，一个柜台，两张桌子和八张椅子，在店里挤得紧紧的，几乎使客人没有活动的余地。火炉呼呼地响着，煤气灯快乐地发着光。那诗人把一枝合欢草和一束紫罗兰放在白色大理石的桌子上。这些花是他在傍晚的时候从一个生着温柔的眼睛的卖花女那儿买来的。那芬兰人点燃了一支深褐色的雪茄烟，向那穿着红衣的胸衣的蓬头的女侍者叫了两杯黑啤酒……

那个棕发的伊妲很机警地站在柜台后面，说着一些无意义的动听的话。她说着一种混杂着勃鲁塞尔的胡调话的英文。

“一个那么好的圣诞节的晚上，”她说，“一只猫也看不见……生意不行啊。”

“外面天气好极了，”那诗人说，“这是一个完全白色的好圣诞节夜，全城静悄悄的，堆满了白色和银光。”

“是啊……”那芬兰人虽则一句话也不懂（因为那诗人说的是弗兰特尔话），却也点头称是。

“这和你一起散步的家伙是谁?”伊妲问。

“一个芬兰湖畔的诗人，一个北方的伟人!”

“算了吧！诗人是没有钱的。”伊妲蔑视似的说。

“好人儿，不要侮辱我们。”

“丑角儿!

“sailor（水手）吗?”

“yes，miss Ida!（是的，伊妲小姐）”

她替自己斟了一小杯酒，不客气地坐到那水手旁边去，好像理应正当似的。

“你出过远门吗?”

“yes.（是的）”

“你刚刚离开军队吗?”

“yes.”

“你叫什么名字，darling（爱人）?”

“梅尔旭。”

“你们是怎样碰到的?”

“我在一家客店里碰到这位朋友……接着我们一起散步。”

“祝你康健!”

“祝你也康健!”

那位诗人梦想似的凝望着那些挂在壁上的中国扇子，接着他看见他的未驯的同伴拙劣地勾引着那个活泼的少女。

巴尔达沙，那个亚尔美尼亚的地毯贩子叽咕着走了进来。他漫不经心地把他的包裹丢在地上，叫了一杯柠檬水，一边把他所坐着的椅子移到火炉边去。他在他的冬天的沉重的大衣里面发着抖，他把他的土耳其小帽移下去，用手搔着他的黑玉一般的头发。

在他的多骨的被太阳晒黑的脸上，他的黑色的眼睛发着光。

“天气真坏，”他叹了一口气说，“No people，no business.（没有人就没有生意）”

他连称赞他的地毯的精神也没有。那些有着奇怪的图案，织着金线的地毯，是丢在他的脚边，横在灰色的地上。他的手畏寒地抚着那露出在东方式的短裤外面的，用青色的破布裹着的腿股肉。

“天很冷啊。”那芬兰人说。

“天气真坏极了，”那亚尔美尼亚人同意说，“No business（没有生意。）”

伊妲哼着一个很迷人的法国小曲子。

在那个时候，那个金发的胖老板娘，从后面一间小房间的那几级阶梯上走下来。

“晚安，朋友们。”她站在那小小的阶梯上喊着。

“晚安，保拉！”

“啊，加斯巴尔在这里，这位诗人！天老爷，那么许多时候你到底在那里？……巴尔达沙多么地安适自在……”

“No business!”

“没有，生意……天还在下雪吗？”

“不下了保拉，可是路上处女一样的洁白。”

“嘿，处女？……”

“我介绍我的朋友梅尔旭给你，这是一位芬兰的大诗人，我是在一个很有价值的社会中认识他的，在今天八点二十五分钟光景，在煤炭运河！”

“胡诌！”

“可尊的保拉，那就是因为诗人们总常常是……我们到那里小厅里去喝一杯好好的甜酒，好吗？”

“甜酒，yes，甜酒。”那芬兰人立刻附议着说。

“今天可办不到。”保拉断然地说。

“不，不要在小厅里。”伊妲在一边也说。

“那里很舒服。”那诗人固执地说。

“办不到。”

“为什么办不到?”

“一个孩子刚生了出来，”保拉说，“一个小天使般的孩子……”

“那边，在房里吗?”那芬兰人问。

“是的!”

“一个孩子，”那诗人踌躇着说，“一个孩子吗? 这孩子是谁的?”

“我的妹妹玛丽亚的，她睡在榻上，摇篮就在她旁边。”

“那是一个很结实的孩子，”伊妲微笑着说，“什么都是保拉和我一手料理的，也没有请医生，也没有请收生婆婆。”

“他们母子两人现在都睡着，”保拉宽大而慈爱地说，“我可怜的小妹妹……那么年轻，可是已经有一身忧虑了……这个孩子，如果是我生的话……”

“或者是我生的，”伊妲打断了她的话说，“可是她，她自己也差不多是一个孩子啊。”

“在她写信给我的时候，她不知道向哪一个圣人承认才好。我们的父母一点也不能知道，他们是那么的规矩，那么的严厉，他们不知道我在这儿开了一家酒店，他们以为我在这里替别人管家……我写信叫我的妹妹来看我……在玛丽亚一到了这里的时候，我便写信给我的母亲，说因为我刚才大病复原，须得调养休息，要我的妹妹留在这里替代我……玛丽亚的未婚夫是在军队里……一等他有了自由的时候，他们立刻就会结婚，那时他们便可以什么都老实说出来了……这孩子将留在此地，可是我的妹妹却不久就要回去……我要把孩子送到乡下去养。"

"真是一部小说。"那感动了的诗人说。

"这不是一部小说，"保拉回答，"却是日常的生活。"

"玛丽亚还是一个天真烂漫的女孩子呢。"伊妲梦想般地说。

"那是一个男孩子，"保拉说下去，"如果从他的父亲的照片上看来，他很像他的父亲。"

"我们可以看看那孩子吗?"那芬兰人怯生生地说。

"为什么要看?"

那诗人也说：

"是呀，保拉，把孩子抱出来让我们看一看啊……"

"可是他们现在睡着啊!"

"我们不要惊噪他们的……我们只在那里站一会儿看一眼就是了。"那诗人不放松地说。

"好吧，你们来!"保拉回答，"可是不要忘记一个孩子刚生了出来……”

他们向后面的小房间走过去，走上了阶梯，保拉和伊妲走在前面，高大的芬兰人和瘦长的诗人走在后面。

有盏灯在纸灯罩下面发着光，可是四隅还是暗沉沉的。那年轻的母亲躺在一张榻上，脸色是苍白的，金色的头发披散着。在她的旁边放着一个柳条编的摇篮，那新生的孩子便躺在那里；在被单的白色之上的一个神秘的桃色的斑……他们禁住了呼吸，静静地看着那母亲和孩子。

在桌子上，一朵蔷薇花在一只杯子里开放着。日里哥城的蔷薇花，那诗人默想着。

那芬兰人拙笨而踌躇地站着，在袋中摸索着。那两个女人的脸色是严重而很温和的，不知道有什么神奇的东西映亮了她们的瞳子。诗人觉得自已被一种深切的情绪所感动了，在这个生命的神圣的奇迹前面，任何外部的表情都消失了。

他把他的那枝合欢草和他的那束紫罗兰放在摇篮上，然后退了几步，躲在暗阴中。那个芬兰人也胆小地走上前去，把一个灿烂的金磅丢在花旁边。那被太阳晒黑的亚尔美尼亚人怯生生地站在房门口，接着轻轻地一直溜到摇篮边，送了一方像手帕那么大小的布：一件色彩鲜艳的小献物。他们一时都寂定地站立着，不知道做什么说什么才是……一句话也没有从他们的嘴唇里发出来。他们三个人都各自用着他们自己的态度在他们的心头感到一种很特别的高贵的感情。

那新生的婴孩的小小的红色的拳头和脸儿，那个睡着的母亲，都使他们看得出神。于是他们都蹑足静悄悄地退了出去。那地毯贩子亚尔美尼亚人巴尔达沙，那芬兰的水手梅尔旭，那青年诗人加斯巴尔，那港口的酒店的肥胖的女店主，和那小侍女勃鲁塞尔人伊妲。

他们重新各趋其本位：那亚尔美尼亚人坐到火炉前面，那三个人围着一张桌子坐着，那老板娘坐在柜台前面。他们都缄默着。那芬兰人吸着他的雪茄烟，那诗人抽着他的烟斗，那亚尔美尼亚人抽着他的纸烟，伊妲喝着她的酒，保拉用她的粉扑拍着她的圆圆的脸儿。

突然，港口中开始唱起来了。汽笛鸣着，啸着，一片互相击撞着金属物的、口琴的和人声的奇异的交响乐，在静夜中鸣响着。

“Happy christmas!（快乐的圣诞节!）”

保拉开了一瓶酒，把一种气酒斟在酒杯里。

“祝孩子康健!”那芬兰人举起了他的杯子说。

“祝那母亲康健!”那亚尔美尼亚人接着说。

他们都把杯中的酒一饮而尽。

“现在，上路吧!”那诗人最后说。

巴尔达沙扣上了他的大衣的纽子，收拾了他的地毯，梅尔旭又点了一枝雪茄烟，而诗人却已经把门开了。

在说了一点简单的good bye（再见）之后，各人便都上自己的路了。在雪里，在烈风中，在那有稀稀的光从繁星的天上降下来的月亮下，他们都分散了。

那诗人开始在那一望无际的闪烁的微青的白色之间，慢慢地徘徊着。他既不感到严寒，也不感到烈风，他看出去一切都是美丽、纯洁、皎白，而被一片银色的微光烘托出来。他想着那在酒店的后房中的新生的婴儿，想着那天真的母亲，想着那两个女子的发光的眼睛，想着那两个异乡人，又想着他们献给生命的虔心的礼物。

住持的酒窖

费里克思·谛麦尔芒

费里克思·谛麦尔芒（Felix Timmermans）于一八八六年七月五日生于里爱尔（Iierre）。他只在那里受了中等教育，以后继续住在这个小城中。他的文学生涯是在《弗朗特尔的作品》（*Vlaamsche Arbeid*）及《果树园》（*De Boomgaard*）等杂志上开始的。除了小说家以外，他还是一位画家。他的著作，大都是他自己插画的。他是弗朗特尔王家学院和莱特学院的会员。

他的长篇及短篇集有：《死的微光》（*Schemeringen van de Dood*，一九一〇）、《巴里爱特》（*Pallieter*，一九一六）、《安娜玛丽》（*Anne-Marie*，一九二〇）、《开花的葡萄的住持》（*De pastoor uit den Bloeinden Wijngaard*，一九二二）、《橙树开花的地方》（*Naar waar de appelsienen*，一九二六）、《美丽的长春藤》（*Schoon Lier*，一九二七）等等。这些小说，大都已有世界各国的译本，为世人所传诵。这篇《住持的酒窖》，便是从他的《开花的葡萄的住持》一集中选译的。

他还写了四五种战曲，最有名的是《星星停止的地方》（*En waar de Ster bleef stille staan*，一九二五）。

***

那是耶稣复活节的前夜。在十一点钟的时候，钟在黄色的钟楼顶上猛烈地把它们的欢乐的呼声送到空气中。严厉的四旬斋已经完了！

人们已经隐隐地看见了复活节，正如从一条虚掩着的门缝里隐隐地看见了一个阳光灿烂百花披离的花园一样。

那女仆莎菲在煮四十天以来的第一块肉。在住持的住宅中，氤氲着一片会使你馋涎欲滴的香味，可是那住持却满不在意！复活节一到，他立刻就手里拿着蜡烛，急忙走到那清凉的酒窖里去。

在整个四旬斋中，这位住持既没有喝酒，也没有走到他的亲密的酒窖里去。

因为，虽则他的牙齿是因为抽烟而熏成又黄又黑了，他却宁可不抽他的好烟斗，而不能不去探望他的美酒。那倒并不是因为他可以在那里偷偷地喝个畅快，却是为了他可以在那里面对着那些酒，面对着它们的展开着的富饶，欣赏着它们的神秘的意义，正如一位学者有时凝对着他的那些闭着的，但是读过的书籍，看见它们在那儿而感到一种极大的愉快一样。因为，在那住持看来，葡萄酒便是耶稣基督的血的象征。

重新看见了那些幽暗而沉睡着的宝藏的时候，他感情激动地微笑着。他在那铺了一层厚厚的木屑，免得酒瓶落下来的时候打破的柔软的地上，无声地走着。

那酒窖是一个地道的遗址，一个古修道院的最后的残迹。它有一个穹窿顶，上面雕刻着榉树的叶子。在长廊的尽头，一个通气窗放进了一片苍白的光。这片光只照到两米处远，其余的地方还是沉浸在黑暗之中。那住持所拿在手里的蜡烛，照亮了左右两边的满积的尘埃的瓶底。那些酒瓶按照牌号排列在那些小石穴仓中，像是大冢窖里的墓穴。

在每一个小穴仓的上面，标记着酒的名称，而在他手里所拿着的一本小册子上，他可以知道那些还横卧着的酒瓶的数目，知道它们的来历和它们在世上的名字。因为，当那些葡萄酒从法国、德国、葡萄牙、土尔其装在小桶里到来，而被装入瓶里的时候，正像那些入教的人一样，它们抛弃了它们原来的名字，而从住持那儿得到了充满了基督教的象征，又唤醒神圣的思想和情感的另一个名字。

不，如果这些葡萄酒还有着“保麦洛尔”“葡萄的收获”“夜”“宫邸”“鲍尔多”“维尔莫特”“莫赛尔”这等俗气的名字，他是绝不能津津有味地去喝它们的。根据了那些酒的味道、香味、颜色、成分，或它们的产地，它给它们换了名字。

这样的，那些黑沉沉无光的酒瓶，在酒窖的静寂的神秘地排列着，像是一些有神秘的名称的，宝贵的魔书和沉睡着的神道一般。它们标着那些最复杂的名字：

“落尔丹的小支流”，这是一种微微有点琥珀色的白葡萄酒，香味清幽，像春天的紫罗兰花。

“基督的血脉”，呈着近于黑色的暗红色，柔和如天鹅绒，其味长留颚上，如礼拜堂中之篆烟。

“圣处女的微笑”，颜色金黄而鲜明，灿烂有如太阳，这是一种使你清凉神往，有如闻大风琴的高韵的葡萄酒。

“天国之雾”，颜色正黄，发着庄严的光彩，如司教佩在手套上面的黄玉，发着一丛奇花的香味。但闻其香，你也会心醉神往。

“福地的彩虹”，一种因年月久长而呈红色的，因贮在瓶中许多年而变成淡红色的发光的美酒。当人们打开瓶塞来的时候，人们准会以为闻到了几车的果子一样，可是却说不出是什么果子，只觉得是一切真正的和理想的果子都有。这酒有一种无上的美味，又沉重地在我们的血脉里流着。它使你心软，又使你起了一种灵魂所渴望着的对于不知道什么辽远的地方的怀乡病。

“神仙镜”，莱茵河畔的白葡萄的鲜明的汁，有着那春风飘舞着的春日的草原的僻野的光彩。它也给人以一种清凉的感觉。当你用舌尖儿舔它一下的时候，它的冷冷的味儿会给你一个寒噤，一直到你的干渴的心。

“复活节的泉”，是一种最上品的葡萄酒。它有那后面曳着十一月霜天的太阳的绛红之色，像那在夜间发光的紫水晶一般地堂皇。它的柔和而难以形容的香味是有点庄严性的，而它的微微有点沁澈的，像一大片仁慈降到你心头去的味道，以及它的回味，都是有一种动人的性质的。

“阿西士的热情”，是一种从意大利来的秋天色的棕色葡萄酒，喝这酒的时候，你会快乐地闭了眼睛，而在心头觉到一种把冷油涂在炙人的伤痕上的良效。

“加囊的残屑”，这是一种活泼的葡萄酒，它欢乐地闪着一片小小的红焰，又好像被那些散在葡萄田中的采葡萄者的快乐和歌声所充满了生命似的。

“轻流的小乐园”，是一种充满了高贵的风度的酒，它立刻会使你坚信它是葡萄的神明的精华，它的香味比天香更好，它的味道像一个祝福似的在你的血脉中徘徊着，又用一种美妙的音乐抚着你的神经；它的颜色使人想起一个浴着日光的盛服的主教；像埃及一样的神秘，一朵魔法的神秘的花；凡是尝过这酒的人，必须向大卫王本人去借了古琴来，才能适当地歌颂它的佳妙。

其次我们还看见“通到上帝处去的梯子”“至福者的圣宠”“三王的第四件礼物”“虔信的灵魂的河”，以及其他等等。

这些酒都是精选而珍贵，因藏得陈而格外醇了。那住持真的出了神。他动情地望着，他觉得能主有这些酒，运用想象和小心去使他的酒格外宝藏醇良，实在是一件幸福的事。

他终于下了一个决心。他从这边那边谨慎地拿起一瓶酒来，把酒瓶凑在烛光边照着，看那酒在瓶中闪着赤色或银色的幽暗的闪光。他虔诚地低声念着酒名，想着它的味道，它的香味和它的回味。他随心漫想着，想起了天使的音乐划着彩虹的天堂。接着，像一个刚翻阅过一本美丽的诗集的人一样满意地，他又把那瓶酒异常细心地放在它的暗黑的原位上。他继续从这一个穴仓走到那一个穴仓，把酒瓶凑到火光前映照，喃喃地说话，漫想。

那肥胖的女仆在唤他吃饭，可是这住持却只漫应着，继续探望着他的藏酒库。

那女仆再唤着弄到后来，她威胁地走到酒窖中去，手里还拿着一盆菜。“在这里！”她怒气冲冲地说，“你既然不愿意到上面去吃，你就在这里吃吧！你难道又要搬酒瓶，洗酒瓶，弄脏我的走廊吗？让这么贵的小牛肉冷了，真是一件可羞的事！”

住持平静地从女仆手中接过那盆菜来，说道：

“莎菲，你真体贴人，可是你忘记拿一把刀了！等着，不用劳驾，我自己去找一把吧。”他带着那盆菜上去，在那张圆桌子前面坐了下来就吃。那女仆大怒起来，从门口伸进她的像甜瓜一般的头去，她暴怒着，因为住持满不在意。

乌朗司毕该尔

查理·特各司德

查理·特各司德（Charles Decoster）一八二七年生于明尼处（Munich），一九七九殁于比京。主要作品：《弗朗特尔的传说集》（*Légendes Flamandes*，一八五八）、《巴彭松小说集》（*Conter Brabancons*，一八六一）、《底尔·乌朗司毕该尔与拉默·戈特柴克的传说》（*La Légende de Thye Uylanspiegel et de Lamme Gocdzak*，一八六七）。

查理·特各司德被认为当代比利时文学真正的先驱者。职业是某政治机关里的一个小职员，他的生活，完全供献给文学工作。他对于文学，对于民族文学有一种信仰。用了一个民间传说的人物，那无赖的乌朗司毕该尔做轮廓，他将弗拉芒民族的骄岸、独立，永远与统治的外族反抗的精神，加以不朽地塑造。荷兰人民反对斐力伯第二的大暴动的史迹，被他写成一部真正的民族诗史。以下所译的虽然只是那部大作的片段，亦足以见他的风格之一般。

＊＊＊

在佛兰特的但默地方，当五月在山楂树上开了它的花朵，乌朗司毕该尔，格拉安斯的儿子，降生了。

一个饶舌的收生婆，名叫迦太林娜的，用暖的布裹了他，注视着他的脑袋，指出一块皮肤。

“戴着顶子呢，是吉利的星宿照临着降生的!”她高兴地说。

可是不久以后，指着孩子肩上一粒黑点，她悲切地说道：“唉!”她哭着，“这是魔鬼手指的黑印。”

“撒旦先生，”格拉安斯接下去说，“那么他是大清早就起床的，所以他有时间来点我的儿子?”

“他就没有睡过，”迦太林娜说，“这儿只有相特克莱惊动那些母鸡。”

于是她出去了，将孩子交在格拉安斯手里。

这时破晓的光线已穿通黑暗的云层，燕子们一边叫一边掠过草地，太阳在嫣红的地平线上露出耀闪的脸子。

格拉安斯开了窗，对乌朗司毕该尔说：

“戴顶的儿子，那边太阳老爷出来了，它出来对佛兰特的土地行敬礼。瞧着它，如果你能够，而且，将来你如果有什么疑难，不知道该怎么样做才对，你请教它得了。它是光明、温暖的。你应当亲切像它的光明，你应当善良像它的温热一样。”

“格拉安斯，我的男人，”瑞得更说，“你在对聋子说教。快来吃奶，我的儿子。”

于是母亲将她的美丽的天然的奶瓶供献给新生的婴孩。

在但纳地方，人家叫乌朗司毕该尔的父亲为 Kooldraeger 或烧炭人格拉安斯。格拉安斯的毛发是黑色的，眼睛发光，皮肤的颜色正像他的货物，除非是星期或节日，在他的草屋里有富裕的胰子。他是短小、立方、强健而有快乐的面孔。

有时，白昼结束，黄昏降临了，他跑到某一处酒家去，在勃吕奇路上，想用 Cuyte 酒洗一洗他的被木炭熏黑的嗓子，一路上那些站在门口吸取夜的凉爽的妇人们全睦昵地对他叫：

“晚上，啤酒清凉，烧炭人。”

“晚安，丈夫严竣。”格拉安斯回答。

从田野间回来的一群群的小女孩子，围在他跟前，好像不让他走，说：“你拿什么来做买路钱？璀灿的缎带、金镯、绒鞋，还是布施用的钱币呢？”

可是格拉安斯拦腰抱了一个过来，在她的颊上或脖子上吻着，看他的嘴接近她清新的皮肤的那一部分。接着他说：

“小乖乖，别的一切都去向你的爱人要求吧。”

于是她们扬长着去了，咯咯大笑着。

孩子们从他的粗大的嗓音，以及靴子的声响上认出他来了，边向他奔过去，边说：

“晚安，烧炭人。”

“上帝给你们一切，我的小天使们，”格拉安斯说，“可是别靠近我，要不然，我叫你们全变成小黑人儿。”

那些孩子，不怕他，逞着性儿跑近他。他执住衣襟拖了一个过来，用他的黑手摸摸孩子清新的嘴脸，就这样将他推开，因见别人全十分乐，他也笑笑。

瑞得更，格拉安斯的妻，是一个善良的长舌妇，和旭日般强壮，和蚂蚁一般勤勉。

她和格拉安斯两人一同耕地，两条牛似的拖着犁。拖犁是艰苦的事，而更苦的却是锄地，当逼迫着农具的木齿去咬坚硬的土地时，然而他们还是照样干，满心快活地，一边哼几支小调儿。

泥土虽然坚硬也枉然。太阳虽然用最猛的光线射在他们身上也无用。他们拖着锄，屈膝湾腰，即使用尽最后的力而停下来，也不要紧，因为只要瑞得更向格拉安斯转过她的温柔的脸来，格拉安斯在那明镜上吻了和爱的心灵，他们就忘却了大大的困倦。

前一天晚上，有人到市政府通知，皇后娘娘，查理大帝的夫人，身怀六甲，将近临盆，叫大家为她祈祷。

迦太林娜混身颤抖地跑到格拉安斯家中。

“你出了什么乱子长舌妇人?”那男子问。

“嘿!”她说，断断续续地，“今天晚上，魔鬼将要刈草一般出来斫人。”

“小姑娘们给活埋！她们的身上刽子手来跳舞。流了九个月血的石块，今晚要碎了。”

“可怜见我们呀!”瑞得更呻吟着，“可怜见吧，上帝老爷，这是佛兰特地方的不吉之兆。”

“这一切你亲眼见的，还是梦中见的?”格拉安斯问。

“亲眼见的。”迦太林娜说。

迦太林娜，惨白着饮泣，接下去说道：

“两个小孩子出世，一个在西班牙，是婴孩斐力伯，另一个在佛兰特地方，是格拉安斯的儿子，他以后将被人唤作乌朗司毕该尔。斐力伯将来变成刽子手，蹂躏我国的凶手查理第五所生的。乌朗司毕该尔会变成说玩儿开玩笑的能手，可是他将有好的心眼儿，对于他父亲格拉安斯，则将成为勇敢的助手，通晓一切当行的事，诚实和气，谋生过活。查理大帝，斐力伯王，戎马一生，南战北讨，暴敛横征，以及用其他罪恶，贻祸地方。格拉安斯每星期全做工，依照着正理与法律生活着，用笑来代替哭泣，借以对付他的辛苦的劳作，他可以说是佛兰特地的模范劳动家。乌朗司毕该尔，永远年轻，他不会死灭的，在世界上到处跑，永远不停住在一处，他将成为浪子、高贵的人、画家、雕刻家，综合一切。就这样地在世界上浪游，颂赞着那些美的好的东西，对于愚劣的事物则不惜破口大骂。佛兰特的高贵的民族，格拉安斯是你的胆；瑞得更是你的勇健的母亲；乌朗司毕该尔是你的精神；一个波俏温妙的姑娘，乌朗司毕该尔的伴侣，而且和他一样不朽的，是你的心；一个大腹子的人，叫作兰姆·高安特沙克，将是你的胃。于是在上则有民族的吞噬者，在下，是一些牺牲者；在上，是盗窃的黄蜂，在下，是勤劳的工蜂，而在天上，基督的创痕流着血。"

说了这些话以后，那善良的巫婆迦太林娜就入睡了。

乌朗司毕该尔，断了乳以后，像小白杨树一般长大起来了。

自此以后格拉安斯不大去亲他了，而用了一种生气的样子爱惜他，使他不至太狎腻。

如果乌朗司毕该尔从外边回来，诉说着在外与人争闹吃了亏，格拉安斯就打他，因他不能战胜别人，他就这样地被教养着。乌朗司毕该尔变成小狮子一般勇悍了。

有时格拉安斯不在家，乌朗司毕该尔向瑞得更要一个里亚[1]去玩儿。瑞得更生了气，说："你怎样老想玩儿？给我在这儿捆干柴。"

看她的样子什么也不给，乌朗司毕该尔像鹰似的喊叫起

[1] Liard，最小单位之辅币。——译者注

来，可是瑞得更故意用在木桶中洗的铁锅与碟子，弄得震天价响，表示她全不理睬他。乌朗司毕该尔于是哭了，而那温爱的母亲取消了强装的严厉，跑到他身旁，抚慰他并且说："给你一个特尼叶[1]够么？"呵，你知道一个特尼叶值到六个里亚呢。

因为她过于宠爱他了，只要格拉安斯不在家，乌朗司毕该尔就是家里的君王。

这一年的五月六日，是真正的花之月。从来人家没有在佛兰特见到过这样芳香的山楂花，在花园里从来没有这许多玫瑰、茉莉与耐冬花。每逢风从英吉利吹来，将这众香国的芬芳向东方推送过去，每个人，尤其是在昂韦，欣欣然仰起了鼻子，说：

"你闻到从佛兰特吹来的好风么？"

那些勤勉的蜜蜂采取花上的蜜，酿蜡，在不足够容纳它们的大群的蜂房里产卵。

这是何等的劳动音乐，在盖覆这灿烂丰饶的大地的蓝天之下！

人们用芦草、麦草、柳条、干草等，编成蜂桶。簸箕匠、篓匠、箍桶匠，都用敝了他们的工具。至于箱匠们，早就不够

[1] denier，钱币名。——译者注

应付了。每一蜂群有三万蜜蜂，二千七百土蜂。蜜糕有这样美妙，甚至但默地方的主教，向查理大帝进贡了十一块，感谢他因他的命令而宗教裁判能够严厉地执行了。那些蜜糕是斐力伯吃掉的，可是他吃了下去一点益处也没有。

流浪人、乞丐、无赖子，一切游手好闲的不正当的人们，成天在道上懒散地跑来跑去的人，宁使被吊死而不愿意做工的人，全被这好吃的蜂蜜引诱了来，他们也想有一份儿。他们一群群地逡巡着，每天晚上。

格拉安斯预备许多蜂桶，以便招诱蜂群。有几桶已经满了，别的却还空着，等候蜜蜂来到。格拉安斯每夜看守着这珍贵财产。当他疲倦时，他叫乌朗司毕该尔代替他。后者正满心愿意。

呵，有一天晚上，乌朗司毕该尔因为要取暖，避在一只空桶里，身体蜷缩着，眼从孔中向外望，因桶上有两个开口。

他正快要入寐，忽听到篱笆旁的小树上有声响，有两个人说话的声音，他当他们是贼。他从一个桶孔里望出来，看到他们两人各有长发与长须，虽然长须是贵族的标识。

他们从这个桶边走到那个桶边，接着跑到他所在的桶边，用手提了一下，两人说：

“我们拿这个，这是最重的一桶。”

于是两人穿上杠子，将桶抬了就走。

乌朗司毕该尔可真不高兴坐这种木桶轿子。夜色清明，两个贼人奔着路一言不发。他们走一程停一程，上下气喘不过来，息一会，再上路。前面的那一个忿忿地怨责着捡了这么沉重的一桶来，后边的那人悲苦地呻吟着。因为在这世界上有两种无能的怯汉，有一种一见劳作就生气的，还有一种人到不能操劳的时候就怨叹不绝了。

乌朗司毕该尔，既然没有什么事可做，用手力拉走在前面的贼人的长发，另一手拉着后边贼人的须，以至两人皆受不下去了，怒汉对愁汉说：

“不要再拉我的头发，要不然我给你一拳，让你的脑袋一直丢进胸膛里边去，你从肋骨里边向外望，好像一个贼在牢中隔着铁栏望外边一样。”

“我岂敢，老哥，”那愁汉说，“你却拉着我的须。”

怒汉说：“我绝不会到癞皮狗毛丛里去捉跳蚤的。”

“先生，”愁汉说，“别让蜂桶跳得那么重，我的可怜的手捉不住了。”

“让我来叫它们干脆分了家吧。”怒汉说。

于是他放下了木桶，脱了衣服，扑到他同伴身上去。两人扭到一团，一个咒骂着，另一个直叫着求饶。

乌朗司毕该尔一听拳头雨一般下着，就跳出桶来，将桶拖到邻近的树林，预备回头来找着它，这就回家去了。

在一切争执里，阴谋的人物常常得利。

渐渐成长了，他养成了到处流浪赶市集、会节的脾气。遇到有玩弄牧笛、风笛或三弦琴的，他出一点小钱，请别人教给他玩法。他尤其擅长于玩“洛美尔波”（Rommelpot），这是一种用一个罐头、一个膀胱以及一枝硬的麦草做成的乐器。做法如下：他将浸湿的膀胱张在罐上，用一支线将膀胱的中央拴住在麦草端的结上，麦草另一端一直通到罐底，再将膀胱的周围绷在罐上，绷得很紧，直到快要裂破似的。第二天，膀胱干了，发出鼓的声音，如果抽动麦草，它就发出比七弦琴更妙的声音。于是乌朗司毕该尔用了他的鼓胀的罐子，发着狗叫似的声音，和一群孩子们，挨门沿户去唱圣诞歌，孩子中的一人，手执彩纸的星星，每逢“众王节日”。

有时，某画师到但默来给什么职业团体的伙友们跪在布上，画全体肖像，乌朗司毕该尔要想看他究竟是怎样画的，自荐给他研颜料，只要求一块面包，半升麦酒，三枚里亚，作为报酬。

一边研颜料，一边他考察画师作画的情形。遇到后者不在的时候，他试着自己来画，可是他喜欢到处都用朱砂。他试着替格拉安斯、瑞得更、迦太林娜、妮尔画像。格拉安斯见他的成绩，预言道，他将来会挣到成把的金钱，如果他勇往地做下去，到“司比尔华共”（Speel-Wagen）上去注册，那是一种游行在佛兰特、西兰岛的一种卖艺人的车子。

他又从一个泥水匠处学得雕凿木石的工夫，当此人到地方上圣母寺来，替祭坛上建筑一架活动坐椅，使年老的祭司长，能够安坐着而望去好似站着一样。

这是乌朗司毕该尔，他第一个发明在刀柄上镂花，如今西兰岛的人们习用着。他将刀柄镂成笼形。在笼里边，有一颗活动的骷髅，上面，一条偃卧的犬。这象征的是“忠心到死的刀”。

因此，乌朗司毕该尔渐渐证实了迦太林娜的预言，他做画家、雕刻家、无赖子、高贵人，综合一切。

可是乌朗司毕该尔不能在任何行业上安定下来，于是格拉安斯对他说，如果这种把戏再继续下去，他会将他逐出茅舍。

在这些天，是清新的春日，大地满怀着爱情，瑞得更在打开着的窗边缝纫。格拉安斯哼着几支调，而乌朗司毕该尔正替底都司·皮布吕司·雪奴飞于司戴一顶法官的帽子。那狗舞动着脚爪仿佛要想下令捉一个人似的，实际上它要除了那顶帽子。

忽然间，乌朗司毕该尔开了窗门，在房间里奔来奔去，跳到桌上椅上，向天花板张着手臂。瑞得更与格拉安斯见这猛烈的扰乱着，无非想捉住一只小鸟儿，一只很小很可爱的鸟儿，被吓得颤着翼子直叫，缩在天花板角上的一根椽子间。

乌朗司毕该尔正待捉住它，只听到格拉安斯生气地用力说：“你干么这样跳来跳去？”

“想捉住它，”乌朗司毕该尔说，“将它关在笼子里，给它一点儿米吃，叫它给我唱歌。”

这时鸟悲苦地叫着，在房间里穿飞，脑袋时常碰在窗子的玻璃上。

乌朗司毕该尔不停地跳，格拉安斯将手沉重地按在他肩上。

“捉住它，放它到笼子里，叫它给你唱歌，可是，我也一样，将要你关到一个铁栅的笼子里，我也要请你唱歌。你喜欢到处跑，以后可做不到了。你将被放到阴暗地方，当你觉得冷时；被放到太阳底下去，当你觉热的时候。以后，碰到一个星期日，我们出去了，忘记了给你搁食物，我们直到星期四才回来，于是我们将发现底尔[1]已经饿死僵硬了。”

瑞得更哭了，乌朗司毕该尔向前扑过去。

“你干么?”格拉安斯问。

“我替鸟撩开窗子。”他答。

真的，那鸟儿，是一只小金莺，立刻就从窗口出去了，同时很快地叫了一声，好像一支箭似的冲到空中，接着，停到一棵邻近的苹果树上，用嘴甲理着翼翅，摇摇羽毛，并且生了气，用它的鸟语向乌朗司毕该尔投掷千万句咒骂。

格拉安斯于是向他说道：

[1] 底尔是乌朗司毕该尔的小名。——译者注

“儿子，绝对不要夺去人或畜类的自由，自由是人间的至宝。该让各人到太阳下去，当他感觉寒冷时；到暗凉处去，当他觉得太暖时。所以上帝将要裁判神圣的陛下，因他将佛兰特地方的自由信仰加了锁链，将尊贵的冈城放到奴隶的囚牢里。”

可是乌朗司毕该尔与妮尔真情相爱着。

那时候已经是四个月的尽头。各种树木全开了花，各种植木饱胀着汁水，等待五月来到大地上，带了一只孔雀，美丽到像一束花，同时使夜莺们在林间哦吟。

时常，乌朗司毕该尔与妮尔两人在路漫游。妮尔依偎在乌朗司毕该尔的两臂中，身体支持在他的手中。乌朗司毕该尔对于这个玩意儿很感兴趣，时常将手臂搂抱妮尔的腰，他说这样可以抱得紧一些。而她是很欣慰的，可是她一句话也不说。

风软软地在大道吹动着草原的芳香，海在远处，低语在日光底下，懒洋洋的。乌朗司毕该尔好像一个年轻的魔鬼，志高气扬的，而妮尔则像一个天堂上的小圣女，满含着羞赧享受她的快乐。

她将头靠在乌朗司毕该尔的肩上，他执住了她的双手，一边走，一边吻她的额、颊，以至小巧的嘴。可是她什么也不说。

过了一会，他们觉得很热，口也渴了，在乡下人家要了牛乳喝，可是他们并不觉得凉爽。

于是他们坐到一条溪水边，在草地上，妮尔脸灰白着，低头沉思，乌朗司毕该尔怯怯地注视她。

“你发愁么?”她说。

“是。”他说。

“为什么呢?”她说。

“我不知道，”他说，“可是这些满开着花的苹果树、樱桃树，这个仿佛充满着电火的温湿的空气，这些开放在草原上的鲜红的野菊，以及我们身边的篱笆上的山楂花，雪似的白……这些替我解释，为什么我老觉得要想睡觉，要想死?而我的心跳得这样厉害，当我听到林中的鸟儿们活跃着，当我看到燕子回来了，于是我愿意走到比太阳与月亮更远的地方去。有时我觉得热，有时又不觉得热。呵!妮尔!我愿意不再在这个窄狭的人世了，要不然就将我全身都交给我所爱的那人儿。”

可是她什么也不说，只是很舒适地微笑着注视乌朗司毕该尔。

十一月已经降临了，但默以及别处，可是冬季还延迟着。一点没有雪，没有雨，也没有寒冷。太阳从清早照到晚，一点不惨白。小孩们滚在大路小道的尘灰里。到了晚饭以后，休息的时候，开店的，做首饰的，造车的，以及做粗工的，出来站在门垠上，望望老是晴碧的天空，不落子的树木，鹳鹤们站在屋脊上，燕子还没有动身。玫瑰花已经开过三次了，第四次也已经结了蓓蕾，夜是温湿的，夜莺们不停地歌着。

但默的居民说：

“冬季死了，我们来烧了它！”

他们做了一个巨大的假人，嘴脸像熊的样子，用刨花做长长的胡须，把苎麻做头发。他们将它穿起白色的衣服，在隆重的仪式中焚烧了它。

格拉安斯不安在忧郁中。他毫不祝福这永远晴碧的天空，也不祝福那些不愿动身的燕子。因为在但默再没有人需要燃炭了，除非在厨房里用，所以每人全已足够了，不再到格拉安斯那儿去买炭了，而他却耗尽了钱财支持着他的存货。

因此，有时他站在自家门口，只要他鼻尖一觉到吹来一阵凉爽的微酸风：

“呵！”他说，“我的面包来了！”

可是微酸的风不肯继续刮，天空仍然澄碧，树木也仍然丝毫不肯落叶。格拉安斯拒绝了用半价将他的冬天存货售给守财奴格力伯司都依韦，渔业的总管。于是不久以后茅舍就缺乏面包了。

这时候又到了四月，空气比先是温和的，不久忽然冰冻起来了，天色与和死一样的灰沉。乌朗司毕该尔被放逐以来很快地已过了三年，妮尔天天盼望着她的好友：“唉！”她说，“雪快要下在梨树上，下在茉莉花上，下在一切可怜的植物上，它们对于微微的温和有了信任而开放着。小块的雪已经开始下降，落在道路。在我的可怜的心上，也下着雪呢。”

“它们到哪儿去了呢，那些光明的日光，曾经照耀过欢乐的容颜的，照耀过反映成红色的屋顶的，照耀过闪出灿烂的光华的玻璃窗的？它们到哪儿去了呢，温暖过天空、大地、鸟类与昆虫的？唉！现在，日日夜夜，我被忧愁与长远的期待冷落着。你在哪儿呀，我的朋友乌朗司毕该尔？”

到十一月，风雪兴威的月份，戴守[1]将乌朗司毕该尔提出来审问。那君主微微咬着网眼衬衫的绠端，说：

“听好，听明白了。”

乌朗司毕该尔回答：

“我的耳朵是牢监的门。人家很容易进去，出来可不大容易。”

戴守说：

“去吧，经过纳密、佛兰特、海奴特、南勃拉邦、昂韦、北勃拉邦、甘尔特、何韦里舍尔、北荷兰，到处你去宣称，倘使命运在这地上欺骗了我们的神圣基督教的目主，战斗将继续在海上，反对一切不公道的暴力。上帝保佑这件大事，好好歹歹。到亚姆斯得尔坦，你去通报保尔·倍司，我的忠仆，关于你的一切事项与行动。这儿是三张通行证。也许在路上你会遇到几同伴，你一定很得意。他们是很好的，一听到云雀的歌声（云雀是罗马战士的标帜），就用雄鸡的战角（雄鸡是高卢

[1] Taiseux，即沉默的威廉 Guilaume le Taciturne，奥仑其 Orange 的君主。——原注

战士的标帜）对答过去。这儿是五十块金币，你必须勇敢忠心。”

“我父亲的尸灰打在我心上。”乌朗司毕该尔回答。

于是他走了。

乌朗司毕该尔一点也没有苏醒过来，两宵一天已经过去了，妮尔悲痛到发烧，看守着她的朋友。

第二天早上，妮尔听到一声铃响，见一乡人负着铲子走来。在他后面，跟着一个村长，手执烛台，两个邑吏，一个司大夫尼斯的教士，一个仆役替他执着遮阳伞。

他们去，他们自己说，施行甲各勃生的葬礼，这人虽一时被逼成了暴徒，可终于成为罗马教徒而死。

不久以后他们走到哭泣着的妮尔跟前，并见到乌朗司毕该尔的身体摊在草地上，覆着衣服。妮尔下跪了。

“小姑娘，”村长说，“你在这个死人身边干什么?”

她眼也不敢抬，说道：

“我在这儿替我的朋友祷告，他倒在这儿仿佛被天雷打了似的。我现在是孤独了，我也愿意死去。”

那教士于是高兴到了不得：

“暴徒乌朗司毕该尔死了，”他说，“谢谢上帝！乡人，你赶快挖一个地坑。剥了他的衣裳，在埋葬他之先。”

“不，”妮尔站起来说，“不许剥他的衣服，他在地下会受凉的。”

“挖地坑。”教士对拿铲子的乡人说。

“我也愿意，”妮尔说，“在菜地里是没有虫子的，他将不腐而且仍然美丽，我的爱人。”

完全狂乱着，妮尔俯伏到乌朗司毕该尔的身上，带了眼泪与呜咽吻他。

村长，邑吏，乡人，见这样全悯怜起来了，而教士兴高采烈地，连声说：“大暴徒死了，谢谢上帝！”

乡人挖好土坑，将乌朗司毕该尔放了进去，盖上沙土。

教士在坑上念着死人的祷词；众人都跪在周围。忽然在沙土底下起了一个很大的动作，乌朗司毕该尔出来了，打着喷嚏，用头摇开沙土，一把扼住了教士的喉。

“暴虐的人！”他说，“你在我睡觉的时候活埋我。妮尔哪里去了？你将她也埋了么？你是谁？”

教士叫道：

“大暴徒复活了。上帝老爷！保佑我的魂！”

于是他像见了猎犬的小鹿似的奔逃而去。

妮尔跑到乌朗司毕该尔身边。

“吻我，小乖乖。”他说。

他向周围看，两个乡人也和教士一样奔逃了，为跑得轻便起见，将铲子、椅子、伞，全掷在地上；村长与邑吏，吓得双手掩耳，倒在草地呻吟。

乌朗司毕该尔跑到他们身边，摇摇他们：

“是不是你们能够埋葬乌朗司毕该尔·佛兰特的精神、妮尔·佛兰特的心的么？她也一样，也许要睡觉，至于死，可不！来，妮尔。”

于是他和妮尔一同去了，一边唱着第六支歌曲，但是谁也不知道他在何处唱最后的歌。

法布尔·德格朗丁之歌

保尔·克尼思

保尔·克尼思（Paul Kenis）于一八八五年七月十一日生于鲍孝尔特（Bocholt），学于冈城大学。文学生涯是在杂志《新生活》（*Nieuw Leven*）上开始的，后加入《果树园》（*Boomgaard*）杂志撰稿。他还是一位新闻记者。

所著小说有：《巴黎的一个失权》（*Een ondergang te Parijs*）、《西艾思·施拉麦的奇遇》（*De wonderlijke avonturen van cies slameur*）、《美丽的赛里才特小姐》（*De kleine Mademoiselle Cerisette*）、《华筵》（*Fetes galantes*）、《列文·德·米特拿尔的日记录》（*Uit het Dagboek van Lieven de Myttenaere*）、《云雀镜》（*De lokkende Wereld*）、《新朝代的使徒》（*De Apostels van het nieuwe Rijk*）等等。这篇《法布尔·德格朗丁之歌》，是从短篇集《华筵》中译出。

＊＊＊

他的清朗如人们在开着野蔷薇花的小径中所听到的五旬节的钟声一样的名字，现在在卢森堡的监狱的宽走廊中震响着。木屐中垫着稻草，头上戴着一顶红便帽，白色的布带交叉着系在胸前，一个昂里奥将军的长裤党的兵，用他的枪柄推开了那他刚才移开了门闩的门。

那因为久病而微微有点佝偻的法布尔的弯长的躯体，还在那由但东的有力的头颅所统治着的他的朋友们的集团之间耸立了一会儿。

在他的旁边，我们看见了那框在披到肩头的褐色长卷发之间的加米易·德穆兰的讽刺家的伶俐的脸儿，以及艾洛尔·德·赛式尔的有点瘦削的高高的身体；在再远一点的地方，我们可以瞥见拉阔，斐里波，维德曼，全部的但东党。

在那些走廊中，起了许多复杂的声音：兵士们的脚步声，兵器的击碰声，枪柄碰地的沉重的声音，拉门闩的声音，使劲地开门和关门的声音。路上飘进了一片模糊的声音，那从公判厅一直跟随那些被告们到此地来的群众的骚音。

法布尔离开了他们的朋友，和他们一个个地握手。明天，他们将在革命法庭中相见，当着那全身穿橄榄绿色的常礼服的严厉而铁面无情的洛贝比尔，当着那面如处女，穿着天青色的衣服的，无情的使徒年少的圣于，当着那非得坐在圈椅上被抬到法庭中来不可的，半风瘫的古东，但是他的心却是像他的同伴们一样的冷若冰霜。那刚直无情的检察官富季爱丹维尔，将用他们大家的名义发言。

沉重的门在法布尔·德格朗丁后面关上了。人们又立刻把门上了闩。在走廊中，声音减低了，人们只不时地听见关门的声音和门的铰链的轧响声。朋友们都已经回到他们的监房中去了。他的监房是很小的一间，墙上涂着石灰，里面有一张床，一张椅子和一张桌子；在桌子的上面的墙上，是一扇加铁栅的小窗；在桌子上，乱摊着书籍和纸页，一个铅制的沉重的墨水瓶和几杆新削过的鹅毛管笔。

这囚人踌躇了一会儿。他可要继续他的工作吗？他写着他的辩词的那些纸页上，是一行行工楷的字。他曾经把那辩词仔细地涂改过。这是没有用处的。他知道富季爱丹维尔的决意已经定下了：人们甚至将不准他辩护，他们都已经预先被定好了罪了。再则，他是害着病，他感到软弱而疲倦，没有勇气去继续这徒然的工作。

然而他却一点遗憾也没有。最近，自从季龙德党失败以来，已经有许多人先他而毫无畏缩地上了断头台，而他对于死也司空见惯了。他曾经经过了那么多生活，他心中有那么多的思想纷扰着，因此他已把死的观念置之度外了。先是那些季龙德党：勃里梭、让索奈、维尔钮，其次是西尔文·巴易、罗兰夫人、斐里泊·平登。在没有几天之前，另一些朋友们也离开了这个卢森堡监狱：因为编那有名的笔战报杜式纳老爹而被人称为杜式纳老爹的艾贝尔，他的信徒凡山，洪散和穆莫罗，那杰出的“人类的雄辩家”阿纳沙尔西·克洛兹，以及他的同伴民众公社的一份子博爱主义者修麦特。

法布尔·德格朗丁在他的狭窄的监房中来来往往地踱着。一点迟迟的阳光从高高的小窗间坠落下来。在外面，那青年的春天正在开着花，卢森堡公园中升起了一片发芽的碧草的香味。他在这个闷人的四壁间已捱度了多少时候了？还不到三个月。可是在这几个星期之中，什么事没有发生过！在甲可班社中告发他的那些他的对敌艾贝尔党人们已经倒了，他们也被关到这一个监狱中来，而且将在他以前上断头台。接着又轮到了他的朋友们，但东及其党人。在几天之前，当他卧病在床上的时候，他听见有人叩他的墙。他认出了那是加米易·德穆兰，德穆兰也被关到了监狱中来，做了他的邻人，把最近的一切事变，特别是但东及其忠友们的下狱，原原本本地讲给了他听。

现在公诉已经开始了。他们都一起地被告发。但东的有力的声音，加米易的刻毒的谈吐，艾洛尔·德·赛式尔的辛辣的冷嘲，甚至法布尔自己的取笑之辞，对于洛贝比尔的怨恨都一点影响也没有。何苦去想辩护？明天或后天，总也是太晚了。纸页是在那里，写满了他的字迹。然而，每当他的目光落到了那些纸页上的时候，他总不自禁地想把他的文字写得更清楚简洁一点。他把他监牢中唯一的椅子放在桌子面前，他把鹅毛管的笔插到墨水瓶中去，他沉思着。

可是，突然有一种奇特的情绪侵占了他全身，他忘记了现在，忘记了他的入狱，忘记了他的敌人们，忘记了人们告发他谋叛和渎职。他放下了笔，用手托着腮谛听着。在下面，从监狱的园子中，升上了一片由一个少女的清鲜而热烈的声音唱出来的简单的歌声。那郁调的调子，由初春的温软的空气所载着，盘旋着一直升到他的耳边。

下雨了，下雨了，牧羊的姑娘，
把你的洁白的绵羊，
快赶到那边茅屋下去，
牧羊的姑娘，我们快点去。
我听见在树叶上，
雨珠儿沙沙地响。
阵头雨来了！
闪电尽在那儿照！

这是他自己的歌，是当他做默默无闻的伶人遍历南北的时候所编的那许多恋爱歌曲中最有名的一个。他还记得当时在一张过时的琴上第一次把这个歌奏给他的年轻的妻子听。那是在麦斯脱里特城。那江湖戏班在阳光绚烂的南方走了一遭之后，继续地经过了阿维农、巴黎、斯特拉斯堡，而终于来到了这个荷兰的小城。

他的妻子吗？他是在一年之前在一个小城中认识她的。在那个山城中，她在一个短歌剧中演恋女的角色。那短歌剧便是法布尔编的。她爱上了这位漂亮的诗人，便在他的流浪的生活中追随着他。

在下面，歌声响着：

晚安，晚安，妈妈，
晚安，我的妹妹安娜！
我把这位牧羊的姑娘，
今晚带到你们身旁。
去烘一烘干，我的天仙，
在我们的炉火边。
妹妹，你倍伴着她；
小羊儿们，进来吧。

在那个时候，他还是一个默默无闻的俳优，只是在演剧上略有微名而已。他只想着向那些很快地迷上了他的漂亮的妇女们求爱。在他的放荡的青春之中，他曾经认识的女子是多得不可胜数！他简直不大记得起那些金发或黑头的脸儿，娇滴滴的微笑，抹粉的脸儿上的憔悴的眼睛。自从在一间客店的房中，对着一张租来的琴即兴吟成下面这个歌的时候起到现在为止，那些少年的轻佻的行径已多么远远地离开了他，年来岁往已不知有多少时候了。

哦，我的妈妈，我们得当心，
她的那么美丽的羊群！
给他的那只小羔，
多给点铺地的稻草。

从那个时候起，他常常听见别人唱这个歌，人人都唱着它，许多醉人的嘴儿都唱过这牧人的动人的歌。可是现在，在这个凄暗的时候，在这个艰难的时候，这个曲子在他听来有了一种忧郁的音调，那歌调有了一种更动人的意义。往日的歌现在已怎样了？这几月来的斗争和扰乱使他已几乎完全忘记了它们。这位流浪的俳优已变成了一位有力的政治家：他加入了甲可班社，他是民众公社的一份子，国民协会的会员（在那里，他和但东一起投票决定处死国王），又是那如此可畏的“公安委员会”的会员。他曾是洛贝比尔的朋友；他和洛贝比尔一同促成季龙德党的倾覆；他和但东和德穆兰一起列席于军政部；他曾委任他的兄弟带兵去打平房代的起兵。可是在这位暴烈的共和党心头，总有着往时的多情的诗人气。共和年的月日的那些美丽的名称，便是这位诗人取的：芽月、花月、收获月等等，差不多都像他往时所做的情诗一般的和谐。

呃！这儿是你的卧床，
睡在这里一直到天亮。
让我贴着你的嘴唇，
亲一个甜密的吻。

听着这个歌的时候，他的整个青春，他的全部往日的生活，都在他的眼前涌现出来了。他忘记了那危险的时间，忘记了那可怕的未来。他现在又变成了那单单一个姓名也就散发着新春的芬芳的优雅的诗人法布尔·德格兰丁了。他很想见一见（就是一瞬间也好）刚使他勾引起许多记忆的那个女子。那女子无疑也是一个像他一般的被关在卢森堡宫中的囚人。他可能会看见她，因为在散步的时间，在狱中相遇是不难的事。再则，那些囚犯都是很自由的。他所残余的一些时日，已足够和那女子结识，允许他和她缔结这最后的友谊。他刚想到这件事，便立刻推开了他所坐的椅子，跳到窗边去，踮起了脚，从那加铁栅的窗口向院子中望下去。那是一个砌在黑色的高墙里面的小花园：一条铺满了大小不等的石子的小径，在那一小方一小方的草地间蜿蜒着，绕着一株因为在高墙的荫下难以发叶的菩提树。

在几分钟之前唱着那个小曲子的人到底是谁啊？一个年轻

的女子正在从那喷落到一个小池中的小园中央的喷泉中，用两个水瓮取水。这并不是一个女囚徒，却是狱卒的女儿。她的跣露的脚上套着一双粗大的木屐；在她的红色的帽子下面，露出了一片金色的头发；在她的短短的裙子上面，她穿着一件圆圆的短衫子，露出了洁白的脖子。

法布尔小心地注意着她的一举一动。他认识那个少女，他曾在走廊中或院子中遇见过她好几次，可是他觉得她从来也没有像今天那么的可爱。他以前以为她是不值得受他的注意的，可是他今天却觉得她是像一片新阳一样，来替他扫开了最灰暗的烟雾。那时那两个水瓮都已经装满了，她又哼着那个歌走了开去，消隐在阶梯的暗影中。

法布尔不断地望着她，一直到什么也看不见才得离开了窗口的时候为止。他在他的监房之中来来往往地踱着。那从屋顶上射过来穿窗而入的薄弱的阳光，现在也消隐了下去，让位给那还渺茫的春天的黄昏的冷光。法布尔想利用这最后的光线。他整理了一下他的桌子，把他的鹅毛管笔蘸了墨水，选了一张漂了的大纸页。可是他之所以这样迟地工作，却并不是去做对于福季爱丹维尔辩诉状。他的自从生病以来变成很瘦细的手，在那白色的纸上写着有时长有时短的一行行的字，他的纤细的手指踌躇地叩着桌子，好像想在一口琴上捉摸一个很柔和的音韵似的。不久之后，他轻轻地唱着他的新歌，那首可能是他的最后的歌。

几分钟之后，人们来开了他的监房，带他去作晚间的散步。人们之所以答应他有这几分钟的自由，是因为他害着病。他的朋友但东、裴里波、德穆兰等，在案子没有弄清楚之前都必须个别地关着，他只能在明天革命法庭的被告席上看见他们。反之，他将在监狱的院子中看见艾洛尔·德·赛式尔。赛式尔是关得比别人更长久，他所受的待遇和别人不同，就是和他的朋友那把自由思想传播到法兰西来的美洲人多马·巴泊也不同。

可是，他今天所想着的并不是他的亲密的朋友们，他的不幸中的伴侣们。他不安地跟随着那个看守人，经过了那几条他曾经瞥见过那少女的走廊。他稍稍迟延一点，满心希望看见她，接着便继续向前走。今天他的运气不好。他陡然不住地望着那通到狱卒们的住所去的门，并没有一个守卒手里拿着一串钥匙来开那沉重的铁栅门，让那美丽而敏捷的汲水的女子进来。经过了一番长久而徒然的等着之后，别人去匆匆地来带他到监牢里去了。

他一整夜没有合眼。烦长而沉重的一个不眠之夜。他是沮丧而害着病，身体比在几天之前那关在他旁边的德穆兰发现他的时候更坏。一片模糊的微光在长廊的尽头闪动着。在全个监狱中，一片厚密的寂静统治着，只是偶然有一点声息从监房里传出来。在附近的监房中，他听出了那正在高声读《杨的夜思》的加米易的声音，当不读书的时候，他的邻人便写他的老高德力党或是想他的妻子吕西儿。法布尔认识那个少妇，他看见她在卢森堡公园中徘徊着，眼睛哭得红红的。然而他的心思却只为那个美丽的唱歌的女子所动——那个在昨天打断了他的凄暗的沉思的，带红色的帽子和短衫的少女。

明天，他的机会会更多一点。在他散步的时候，他已经打听过别的囚徒们，他已经探问过那些比较和善的狱卒们。他知道了那少女每天几次来汲水的时候。

他不很困难地设法提早了他出去散步的时间。现在，他坐在那单调地流着的喷泉后面的石凳上等待着了。法布尔只能离开监房几分钟，可是在这短短的时期，他将重新变成多情的诗人，变成懂得用自己的歌使多少的妇女心醉的伶人。他重新又演着塞代纳的一出歌剧中的情郎的角色，他唱着倍尔危思和索离曷的歌曲。为了这个幸福的日子，他打扮得像往日一样的漂亮。他已不像近来社会上所流行似的不修边幅了。他已差不多打扮得像以前格鲁士用柔软的女性的画笔替他画肖像的时候那样：穿着一件很合身的高领的黑色上衣，一件鲜棕色的背心；那又仔细同时又随便打的领结，成着优美的褶纹垂在背心上面。

当那个美丽的汲水的女郎来盛满她的水瓮的时候，她准会猜想他是一个在喷泉边怅惜往日的王党。因此，当法布尔向她说话的时候，她一点也不惊奇，因为囚徒求她到外面去传递消息是常有的事。

可是谈话却取了另外一种态度。即汲水的女郎须要比平常更多的时间去汲满她的水瓮。人们总是喜欢听一个漂亮的阿谀者的温柔的话的，特别是一位诗人，一位因不幸而变成格外动人的名人。那水瓮老是空着放在那里，在泉边。法布尔·德格兰丁微笑着一边对她轻声说恭维的话，一边好像用眼睛在荒芜的小园中找一朵可以献给那少女的花。不幸时节还是早春，尚没有到开花的时候；而在那些高墙之间的这园子，也长久没有花木荣繁的时节。因此，为了没有什么更好的东西可以献给她，他便拿出了他昨天所写的那首诗来。用着他从前在舞台上把情书传递给黛蜜儿或翡兰德的那种敏捷，他很快地把这首情诗偷偷地塞在那少女的手里，不使看守人瞥见。

当然，这少女并不是什么也不用怕的，可是法布尔的整个态度，已明白地向她表示出，这并不是关于一件秘密传递消息的事。为这漂亮的男子和他的迷人的语言所动，她便把那张折叠好的纸，尽可能快地藏在她的衫子下面。

接过了那张纸之后，她却也并没有立刻离开他。他的诗意的谈吐，在她的耳里听来是那么的温柔，竟至舍不得和他告别了。这样，一直到别人来催他走的时候才分手。再到法庭去受审判的时候已经到了。

谁说诗歌不永远具有感动妇女的心的能力？从那一天起，当长裤党的兵带他到裁判所去或带他回监狱来的时候，每当他得到在小园中散步一小时的时候，他总遇见那个头发像麦子一般金黄色的，美丽的黑睛女郎。而当前途越来越黑暗的时候，当福季爱丹维尔，爱尔芒和伐提爱不断地施计陷他的时候，当诉状越积越多，而辩护越来越没有把握的时候，每次他在竭力辩白之后回到监狱中去，他知道在走廊中那一双怜悯的眼睛总是在那里，在寻找着他的目光。

可是这场恋爱只是短短的。他们以后只相遇过一次，在一个下午，在那呜咽着的泉水边，在看守人、贵族和王党的注意之下。她已经比第一次和他相见的时候不羞怯一点了，她对他说她多么地观得那首诗的美丽。他们刚刚只有在那发芽的菩提树下散步了一会儿和约定了明天相会的时间。可是在第二天的早晨，芽月十五日，人们突然把但东党换监而从卢森堡移到法庭旁的死罪犯的大牢里去。

这便完了。那里只有一条可走的路，便是通到革命广场去的路。在革命广场上，路易十五世的雕像已被毁去，雕像的座上竖起了断头台。可是现在已没有一个人怕死了。当那些囚人从公代路和其他的路，被带到赛纳河边的新的住处去的时候，法布尔并不大想着那等待着他的命运，却不断地想着那从此难再相见的美丽的汲水的女郎。

从前是卢森堡的相当宽敞而很通空气的监房，现在却是死囚大牢的在厚厚的墙和双重的铁门后面的监房了；从前是囚徒们可以自由地相见纵谈的小园，现在却是那些时时刻刻使你想起失去的自由的由沉重的铁栅栏着的暗黑的走廊了；从前是老守门人勃诺阿的恳挚，现在却是那些以使你格外感到幽囚的苦痛为乐的守卒的粗暴了。

案子不久定了谳，判决书已经发表了。那些同情的群众们越来越有力地反对也没有用，但东以及他的朋友们都被判处了死刑。昂里奥将军的兵士出场来阻止他们说话，来用鼓声掩住了但东的洪大的声音，来保护革命法庭，防备激怒的民众去救他们所爱好的雄辩家。全部案子都是巧妙地安排停当的，那刚才宣布的死刑判决也是用阴险的手段安排的。

这是但东党们的最后的一夜。在几个月之前，在这同一个监狱中高谈阔论纵声大笑度过最后的时间，并毫无忧虑地等死的是季龙德党。现在却轮到他们了。法布尔聪明而有兴致地和他的朋友们谈着话。但东的高大的身材在他的团体之间耸立着。在他的旁边，拉阔将军和维德曼将军讨论着最近的事变，以及他们征服房代的暴动的战事。只有加米易·德穆兰想着他的爱妻，想着她这几天在监狱的墙边徘徊着的情景。艾洛尔·德·赛式尔却想着那每天在狱门口等他出来的他的母亲。

只有法布尔·德格兰丁觉得自己很幸福。他自己也不懂为什么在这最后的时间一个小姑娘会那么地使她迷醉，竟至她的影子会使他所住着的黑暗的牢里充满了快乐。就是在那他以为是最后一次的在卢森堡监狱的匆匆告别之后，他还看见过她一次。昨天下午，当那长裤党的兵把那些刚定了死刑的人们带回大牢里去的时候，她前来在路上候着，藏身在监狱的门口。接着，她突然跑到他身边去（他怎样也想不出这少女竟会有这样的勇气），贴住了一会儿他的身体，不被任何人看见地把一封情书塞在他的手里——现在使他至死也还幸福的，便是这封情书。这些都是一瞬间的事。兵士们急忙来赶走那个少女，监狱的门打开了把他立刻关了进去。他很应该承认，当他这样不意地重新遇见她的时候，他已经把那年轻的汲水女郎忘记了一半了。

在最近这一个时期，他全心贯注在他那不得不继续努力的斗争中。在这一个时期，他的生活是那么的丰富，好像还要在这残余的短短的时日中享受一切。在他看来，这个小小的奇遇只不过是一个消遣，它一碰到那完全不同的情绪的时候便会很快地消灭。在他看来，这个女子只是被他的那么温柔的诗，被他的美丽的容颜所吸引过来的无数彩蝶之一。可是在那少女看来，这个恋爱却有一种另外的意义，因为她是十分地为这位视死如归的被判处死刑的诗人的命运所感动。这个不断地爱着他的汲水女郎的诚心，现在是深深地感动他了。好像那照着他的路的最后的光，也同样地变成格外明亮格外热似的。

回到了监狱中之后，他的朋友们围着他，还是谈着那在他们看来必然要崩落的共和国的命运，因为现在已经没有但东的巨人之肩在那儿支持它了。可是法布尔却在埋头读那封匆匆写就的被指印所弄脏的信。在那孤单地照着监狱的空洞的墙壁的灯的微弱而朦胧的灯光之下，他把她那送给他做最后的纪念物的一绺金色的头发，卷在他的手指上。这好像是在他的不幸的路上向他散发出芬芳来的一朵花。他最后一次又听到了以前他吟诗度曲的那些无忧无虑的岁月的回音，明天他将露着一片同样的微笑，像当时一样无忧无虑地看他的最后一个早晨升起来。

的确，第二天但东和他的朋友们都应该上断头台了。那是一个春天的明朗的早晨，在屋子的正面，年轻的太阳射着他的微微有点热的最初的光线，在脆弱的树枝上，粗大的芽已张了开来，放成一片柔绿色。

在他所走惯的圣岛诺雷路上，那辆载着定死罪的人的囚车经过了甲可班社（在那里，几个月之前，他们的声音还胜利地震响过），接着又经过了那木匠杜伯里的小巧的屋子。在那里，洛伯比尔老躲在紧闭着的窗扉后面处理国事。在各街路上，人们是比平时更稠密，更激昂。人海涌起了它的波涛，像在十月或八月十日的那些大风波的日子一样。它在那好像在群众的波涛上面浮着的囚车四周冲荡着。如果没有那些兵士严密地护着那辆囚车，那么那天洛贝比尔的胜利便不会完全了。群众的潮越来越急，愤激和暴怒增大起来。民众辨认出了那在“山岳党”上面发着洪大的声音统制过全个会场的老德力社及国民协会的伟人。他们也辨认出了老高德力党的有才气的作者，以及那两个最近镇服了王党的反叛得胜而回受群众的迎接的将军们。

那对于这些如是地常常受人敬佩的伟人们的热忱又觉醒了。正像那在每一个路角上增大起来的群众的波涛一样，群众的忿怒也增大了，随时可以发生救放那几个囚人的事。那一队押解囚犯的行列不断地被拦住了去路，囚车不得不在这人潮之间开出一条路来。

那些死囚对于死一点也没有畏惧。他们的脸儿上依然保留着在法庭上蔑视他们的对敌时的那种微笑。可是有一次当囚车停止了的时候，人们又看见但东起来向群众演说。昂里奥将军看见了，便用手发了一个号令，于是一片鼓声又把那从前可以随便激起或镇服群众的洪大的声音掩住了。但东微笑着转身向他的朋友们，继续和他们高谈阔论。

那一列人终于来到了革命广场。在那里，刽子手桑松先生的红色的断头台已高高地搭好了。兵士们在断头台四周围了一个圈子，他们人数虽多，却也几乎抵挡不住群众。他们不得不赶紧一点，因为他们想不到在路上会走了那么许多时候，再则，他们总怕群众会哄闹起来劫法场。

现在，他们都已不动声色地走下囚车来了。他们毫不踌躇地走上了那六级梯阶。在那梯阶上面，桑松在等待着他们。法布尔·德格朗丁觉得自己的心轻松而没有恐惧，他恳勤地向他的朋友伸出手去，扶他走上梯阶，他小心地在那没有刨平的木板地上，免得踏着那东一摊西一摊的黏滑的红色的血迹上。他在这最后的一天衣服穿得很整齐，他潇洒地把他的手扶在那上面有一片三角形的青钢在太阳中闪耀着断头台的架子。一个短短的休息。他们互相道了永别。但东党的最后的时间到了，他们之中第一个人躺到断头台下的迅速的动作，刀片的短促而残忍的闪烁，一个使在场的人们都心惊肉跳的响声。尸体立刻被移了开去，因为今天要上断头台的人数很多。

法布尔只在听到第一刀的时候战颤了一下，他立刻转身望着德穆兰。当德穆兰不断地对他说着他的妻子吕西儿的时候，法布尔又想着那使他的这些阴惨惨的日子变成美丽了的恋爱的奇遇。

他向那密密的群众的骚动着的头望了一会儿，好像是在那里找寻卢森堡监狱的那个金发的女郎似的。嘴唇上露着一片温柔的微笑，他握着那一缕金色的卷发，同时，他口中最后一次轻轻地唱着那个人人都知道的歌儿：

下雨了，下雨了，牧羊的女郎，

把你的洁白的绵羊……

现在是轮到他了。他和那抓住他把他绑在那还温热的板上的粗蛮的手挣扎了一下。一片向那美丽的汲水女郎而发的微笑，接着便是一个沉着的声音……

当那曾经有多少女子接过吻的，仔细地抹着粉的头，落到篮子里之后，桑松的助手们把那尸体移开去的时候，一个当差的在那尸体的中指上，看见套着一个用一绺金黄色的头发做的小小的指环。他毫无仁心地把那个没有价值的小东西拉下来，而当别人抬着尸体没有注意他的时候，他把那个小小的指环丢在地上，于是那一绺发丝便黏在一小滩的血上。

这位潇洒的法布尔·德格朗丁，这位做了许多情诗并编了美丽的“共和日历”的诗人，便是在共和国第二年芽月十七日这样地死去的。

薇尔村的灵魂

加弥易·勒穆尼

加弥易·勒穆尼（Camille Lemonnier，1844—1913）从他开始文学生涯一直到他最后一部著作，永远是一个比利时生活的解释者。他的长篇小说大都描写人类的蛮性，但他以美丽的风格出之，使人觉得诗趣盎然。他也曾写过好几卷短篇小说集，大多数都是表现弗兰特诸古城镇中的忧郁情调的。本篇所选《薇尔村的灵魂》即系此中之一，从一九〇〇年出版的小说集《这是在夏季中》译出。

***

在公众方场上的小客栈里的那个小妣爱娣曾经问我可曾看见过那常常“奏着他的小乐器”的小孩子没有？她问这句话，真不知是什么意思。我到薇尔村已经三天了，没有看见有什么人回答过她的问话。天哪，我心下暗想，难道在薇尔村这样的地方，真会有蠢人来做这行当吗？在这个村子里，弄音乐是完全没有用处的。因为这里的人家都是紧闭着门窗，难得有一个偶然的机会，你才可以在一扇窗子里看到一个老头儿，一个老妇人，或是一个戴着一只平坦的便帽，鬓脚边安着饰物的美丽少女的脸。可不是，这里不见得会有人要听他的音乐的！在薇尔这奇特的小乡村里，人们都显得好像是陈列在那些绿色的或蓝色的小方玻璃窗背后的木乃伊了。

这是我对于那地方的印象。如果有一个机会，我听到了那个在街路里吹奏乐器的小孩子，我一定要把手指按着嘴唇，警告他不要惊扰了这些深沉的屋宇中的静谧。那撒射着黄金色的线条的太阳，也静睡在街心。这时候的太阳是早已不想把这曾经活跃过一时而现在又入了沉睡状态的乡村唤醒来了。它奄奄一息地躺在那些屋子的门阈上，正如一个每天早晨来到人家门口而终于没有一家肯为他开门的乞丐的足迹一样。在那些屋子里面的幽暗都把它们的门闩上了。

如果我住在一个小乡村里，我将永远不会忘记那薇尔村的街路，也不会忘记那些突出在人行道上的，看上去好像在拱手祈祷的小屋子。这些景象都似乎与人生相离得太远了，使一个人竟会得怀疑起他自己的存在来。只有一个浅淡的影子在做你的前导，而使你在最初竟猜不定它将把你带到那儿去。但它是把你带向那教堂里的院子里去的，在那地方，所有的人都已经去了。在那些堡垒的背后，就可以望到那帆墙隐现的大海，在那万叠浮云的穹苍下展开着。住在这个乡村里，我觉得我好像在慢慢地死去，我觉得我的柔弱的心怪轻微地跳跃着，而我的手指却在向太阳做着一些生命的表记。

“那小妣爱娣是在想哄我相信呢，”我自己这样说，“否则她一定是在讲好久以前的事情，在这乡村里的每一个人都死寂之前的事情。”

这时那钟声奏出它的美妙的小曲来了。这使我想起某一个夏天的星期日下午，在祖父家里，当他坐着看那些灰尘从门外街上飞扬进来，而他的手交叉着在他的手杖头上的情景来了。这些钟所奏的声音正如一架老旧的破留声机。那声音从钟楼上飘下来，使我觉得伤心，好像忽然听见了那歌咏这老旧的薇尔村的最后的苦闷的歌了。

在公众方场上的乡公所是一座精美的建筑物，装饰得像一个圣骨匣一样的精致，壁龛里有许多国王和圣哲的雕像。我想，但是现在谁还知道这薇尔村的历史呢？我心里决定以为那眼光奇怪的孩子所讲到的一定就是这阵阵的钟声了。我对于这些古旧的雕像，怪不合时地安置在他们的座台上，永远是向着大海望着，很有点轻蔑之感。他们在那儿已经站了好几百年了，翘起着他们的固执的头，等待着一些永远不会发生的事情。或许这些用石头雕琢出来的阴暗的眼睛，是在盼望着那好久以前的某一日从这港中行驶出去的舰队的回来。在那方场左边，矗起着一座教堂的尖塔，但这尖塔的门钥却已沉在海底里有许多年代了。

我独自微笑地沉思着这种种讥讽。一切的人都已离去了这乡村，而去沿着那伸展到海滨沙冈边的那些堡垒上排列着了。只有少许的老年人还留着，那些老头儿的鼻子下都显着肮脏的阴影，很像人死了之后长出来的青色的霉点。然而那些执着剑和笏的石雕像，却显得好像他们乃是在指挥着生人似的。

我走到那尖塔边，在门上用力踢了三脚。我这个举动，多半只是一种戏弄，因为我很知道在这寂静的古旧的上帝的屋子里，绝不会有人来应门的。我又想听听这死的阴影中究竟会发生怎样的喧响。然而使我惊异的是那扇塔门竟忽然地开了，有一个服色奇怪的漂亮少年显现在我眼前。他穿着一件西兰地方的人所常穿的银纽扣的天鹅绒短挂褂。他手里拿着一只手风琴，正如那些从进港的船上买来的，海上的水手们在晚上忽而波颤、忽而幽扬地奏弄着的东西一样。这少年人好像是刚才被我从梦中惊醒过来似的。我心中怀疑着，这岂不就是妣爱娣所说的常常“奏着他的小乐器”的那个孩子吗？

他在我身旁同走着，并不常常回转头去。我们沿着那红色的墙走过去，走过了许多镶着古老的玻璃的峭直的长窗，和许多种着菜和葱的园子。他慢慢地穿过了公众方场，这时那钟声又奏起了它们的水晶般的调子，唱着薇尔村的苦闷之歌。风轻轻地把这些歌调吹送出去，从人家的屋顶上飘过而向着大海那方面去了。这孤单的少年人将他的手风琴搁上了肩头，将他的手指按着键，拉压着这乐器的襞折。他所奏的调子似乎只对于他自己有一种意义。俯着头凑近着他的手风琴，他呈着一个不久于人世的人的微笑。我心下想，我的灵魂的深渊中很懂得一定有什么秘密的缘故曾经影响了这孩子的理性，所以同时使他的理性与这薇尔村的神秘相协调了。但是这秘密的缘故究竟是些什么，我却解释不出来。

于是有一些事情使我麻烦了。那少年人抬头看着那尖塔，看见了那些屹立在壁龛里的伟大的圣哲，于是又远远地向海面上望着，他的眼睛里闪着一道好像是隔宿的光。这时他把手风琴用着一种疯狂的样子更快更猛地拉奏着，好像这乡村里的一切古代的幽魂都一齐来到这乐师的伶俐的手指底下颤震着了。他走过一条条的街，轻捷地跳舞着，像水手们跳的 hornpipe 舞。他的脚跟重重地踏拍着地，把他的手风琴高举在头顶上舞旋着，随即又更快地把它沉下来几乎碰着了人行道，于是又奏着一种饰音来平衡了他的身子，闭着眼睛，脸上呈着一种狂喜似的微笑。这种韵律的和狂热的舞乐，常常使他的心里好像有了一个暗杀犯或情人的一切洋溢的热情而悸动着，于是在这些小屋子里，逐渐地有些活气了。那些在紧闭了的大门里面好像沉睡了几十年代的生命之再生，只等待着这个面色苍白的奏手风琴的少年的光临。在那些窗背后，那些戴着白头巾的少女的脸上显现着一丝笑容。她们的头巾上饰着螺旋形花纹，矗出着好像两枚触角。薇尔村中全体的美丽少女都躲在她们的螺丝窗幕背后，张开着嘴，正如一丛蜜蜂中间的玫瑰花，看着她们这样地笑着鲜丽的容色，从深沉的幽暗里出来到窗子边，我冥想着这些屋子倒真有些像是被魔术所点活的洋娃娃的屋子了——薇尔村的全体洋娃娃的屋子，她们都有着被盐的空气所炙黑的可爱的裸露的手臂，穿着庞大的涨起的裙子，生着小小的装饰着彩色的头和蔚蓝如海的眼睛。

那音乐师在街巷中到处游行着，他的疯狂的神气变成使人流泪的悲哀的调子了。这些曲调正如那些海上的小舟子在夜间所奏的悲哀的小曲一样。这是薇尔村的灵魂，静悄悄地悼哭着她的失去的情人，悲惋地叹息着这些盖着十字架的长眠的可爱的少女，因为那些漂亮的少年男子出航到海上去就此没有回来过。最后那手风琴的声音远远地消逝在海滨的沙冈里去了。

当我回到那小旅馆里去，我对妣爱娣说：

“你的话不错。这乡村里果然有一个奏着他的小乐器的孩子的。无疑地他是一个苦痛的灵魂。可有人知道他遭到了些什么磨难吗?”那猫眼睛的小女人笑起来，指着一个坐在窗边的人说道：

“你去问他，他比我讲得好。”

哦，这个故事实在是非常普通的。据说有一天，这孩子爱上了这些来到窗子边的洋娃娃似的女孩子中间的一个。有一天晚上，他到她家里去跳舞和奏手风琴。但是别的男孩子也常常到她家里去，他们也都向这姑娘献着殷勤。当这孩子哭起来的时候，那姑娘总对他说："你希望些什么？我固然爱你，但是我也爱他——那已经走出去的孩子，我也爱那在你去了之后来到这里的孩子……我都爱他们的！"有一次，他从矮墙外边看见她正被一个比他先来的年轻的人搂抱着。他很快地抽出了佩刀，把那姑娘和年轻人都杀死了。

"从那时候到如今，"那讲这个故事给我听的人说，"他就在街巷中游行着，奏着他的小乐器。他是非常之宽宏的：孩子们向他投着石子；姑娘们笑着他；他一点都不懂。"

但是我不很相信这故事真是这样的。天下一切事情只真实在一个外表，即使在最最显明的事实背后，一定也隐伏着一个秘密的意义。而这个秘密的意义是必须寻求的，因为这乃是两种意义中最美丽的一种。所以我对自己说，这孩子是薇尔村的灵魂。我现在懂得了他为什么走出那教堂门来了。你，薇尔村这小乡村，和那可怜的半智半鲁的音乐师，都染受了一种同样的文风了。这正如海风曾把你的头吹歪了似的。有一些东西已经一去而永不复返了，有一些东西是被你的钟声所哀悼着，被那手风琴的音节所呜咽着。

在薇尔村那地方，永远有一个奇怪的年轻人走向海滨的沙冈边去瞭望着那茫茫大海的。

善终旅店

爱弥尔·魏尔哈仑

爱弥尔·魏尔哈仑（Emile Verhaeren，1855—1920）是近代比利时一大诗人。最初原受法国巴尔那斯派诗人及自然主义诗人的影响，但后来却自己建立了他的诗风及哲学，成为一个独立的近代诗人。他的作品大都是诗，但他的少许的剧本及散文，亦显然可以看得出是一个诗人的作品。他的短篇小说似乎很少，本篇原系我的朋友徐霞村先生所译。兹征得他的同意，编在本集中。

***

他们同在一天死去，非常突然的，一个在善终旅店的地窖里，一个在善终旅店的顶阁上。这个老旅店在从前曾容收过所有到附近的末日圣母座前膜拜的佛兰德香客。这位圣处女在这里有两世纪之久受人乞求。战争打倒了她的神像，她的圣殿已经成了荒墟，但旅店却仍旧久存着。

维尔德的人们，底布罗德的人们，和达米兹的人们，都在星期日来喝他们的啤酒。

大的铜罐反射着明亮的洁光，几个有节制的饮客深思地吐着片片的烟，一句话也不讲，更使空气里增加了冷静的神气。再不然他们便用手指夹着他们的荷兰烟斗，向木桶里吐着痰。当其中的一个用他的烟斗敲他的酒坛时，沙伏特，店主的两个儿子中的小的一个，便立起身来走出地窖里去，把那空的容积盛满把它送回去之后，便又坐到他的屋角里，忧郁地向空气凝视那巨大的棺形的时计，它的有文字的钟面隐在厚重的玻璃后面，麻木地“滴答”出它那单调的单音。

在星期日之外，店里便没有人来，除了波格曼大娘，健壮老女短工，在那里转来转去，响着罐子盘子，造起灰尘的大风。

啊，善终旅店！在冬天它雏伏在遮遍那些缓动的，胶黏的，像肥皂水似的大沟的大雾里；在夏天它安息在那些沿着从前通着圣殿的小路而生的柏木的浓荫里。

在他们的双亲活着时，阿德连，长子，曾想去做牧师。他是个恨世的、好嫉的人，有一副狭窄而深入的虔心。他中止了去预备他这个职业，因为恐怕他走开之后他的兄弟整天守在老头子身边，会夺得他们的父亲的偏爱。这是不能忍受的。阿德连必须做独一无二的主人。

沙伏特，在另一方面，完全是个顽固的石块。当他立在你面前时，你简直可以说他在地上生了根。他的眼呢，它们没有一点表情，就像一块木头。

当他们在他们的父亲出丧之后，两人第一次对坐吃饭的时候，阿德连，占了他父亲的地位，划了十字诵了一遍 *Pater Noster*。沙伏特跟了一遍 *Ave Maria*。于是他们不再说话了。当饭吃完了以后，阿德连便走去看教室的司堂。沙伏特，篮子背在肩上，便走去到大路旁的菜园里。他们一点也不改变他们的习惯。早晨起来他们从不同的路走到教室，从不同的路回来。在晌午他们在同一个桌子上坐下，交换几个不可免的单音，接着便如释重担地离开。

沙伏特的园子是一片生满野草、蔬菜，和乱挤在一起的果树的荒地，虽然除了星期之外他每早都要在那里劳苦。这片宽广的产业是被一个厚的、参差的、乱生的篱笆围着。过路的人常常看见这位魁大而不成形的园丁的头被一束捆好的干叶子做着光圈。他把它负到路的对面的一个地方，在那里燃起一个热闹的野火。当他使动他的铲时，一个旁观者便要有一个不安的观念，以为他是在搠一个敌人或掘一个坟墓。

他在肥料堆旁造了一个小棚。地板上很正当地铺了一层大葱和扁豆。在一个活板门下面，他藏了他按时从私贩们手里买来的杜松子酒。他的罪恶是秘密的。他在这没有看见的地方把他自己喝一个饱醉。当日落之后，他便踅过原野。他行地走着，连根地拔着道旁的小树，从桥上扭着栏杆。一天晚上他竟把一大片野樱桃树掼在一口汲水井里。

阿德连教授教堂的歌童们，唱他们的赞美诗。他的直硬的手指重打着教王的钢琴的破旧的琴键，他常爱叫孩子们把一个高音唱得这样长，以致他们几乎闭气。唉！接着还要捏住那些小把戏们的颈子，不许他们拘挛。他借圣者们和圣处女的名字苦楚他们，然后又补偿他们以粗重的抚摸。他的嘴，仿佛吊在几个不同的枢纽上，和他的方的黄牙，都使人生怖。

有时他走到村子的彼端，把他的肉欲加在一个怪忘的、顽固的老妇身上，她的魔力已在诺阿时代就退衰了。他替她造了一个小铺，在那里外她把圣物卖给香客们。围在一些镀金的陶质的小圣者们的中间，他们坐在一起喃喃着他们的祈祷，一直到日落之后。在黑暗中，他们的分别的情形就像一个可怕的做戏。

老波格曼大娘生了很大的气。阿德连便借口说他和沙伏特的口味不同。

他们开始避免在家里相见。他们在门后互相侦窥。在未出门之先，一个人总要候另一个人走得没有影子。他们造起单另的伙食间。从共有的贮藏室里，沙伏特取出他的蔬菜，阿德连取出他的腌肉，各人都把它们藏起来。

一天晚上沙伏特烂醉如泥行回来，跌进施尔德泥沼。他陷到泥里这样深，以至渔人们都去了他们的网，划着船来救他。他们把他拽起来，全身透湿，两手涂污，嘴里装满了泥。他几乎被闷死。

阿德连被通知了。他决定要有点表示。但是，即使是用一句责备的话，如果他打破了他们中间所立的沉默，那便算他兄弟胜利了。然而，他们的防线是这样不可破。如果一个人当面骂一个人，他的话是否能够射到它们的鹄的，那还是个疑问。

有一天星期日，当波格曼大娘来揩拭酒罐的时候，阿德连交给他一个字条，叫她送给园子里沙伏特，沙伏特紧紧地咬着他的唇读它。他立刻怒气冲天，跺脚大骂恨不得扑到他的哥哥身上，把他撕成许多块，把闷了许久的愤怒都泄出来。突然，他恢复了他的自制力。他不愿意做打破他们中间的冰和钢的墙壁的人。他把字条塞在他的衣裳里。他要用笔回答。

于是一连几个月他们互相写着他们的愤恨，每人都寻找看足以气得对方打破沉默的字句。

阿德连更成了人所共弃的人。卖圣物的女人把他赶了出来，激起众人，指告他有淫乱的行为，并且在青天白日之下立在他的窗前叫骂。歌童们都从他的照料之下退出，被交到司堂的手里。全村的人都激怒了。沙伏特的字条愈来愈侮慢了。每当阿德连打开其中一个的时候，他总觉得他的指已经有了它内容的臭味。

波格曼大娘恐怖地在一旁望着。阿德连开始整早晨愤怒地劈柴。他决然地砍下去，面上带着浓重的郁气。当这位女短工走过他身边的时候，他竟给了她这样冷、这样刺人的一眼，以致使她，这位世上唯一还顾到他一点的人，突然被一个可怕的思想吓住，觉得在纯粹的凶暴之中他会把他的可怜的，因工作而粗糙的老手砍掉。

在晚上，当烛火燃上之后，她便坐在炉火前面，回想着善终旅店的热闹的过去。还不到十五岁的她便在这里开始做事。那时有四个女仆管理厨房，腌着腊肠和火腿，替香客们切着“三明治”。在那时候，圣母，穿着一件绣着圣阿曼杜和圣乔治的历史的袍子，坐在她的银座上，从来没有缺过许愿的花圈。在那时阿德连和沙伏特的父亲每年总要收入一千“太勒”和三百布拉班特。波格曼大娘有一天晚上曾看见整堆的金饼放在桌子上。

我的主！这是可能的吗，她竟会独一个人而且还是每星期只有一次来燃起火炉？

霉霉的湿斑开始在墙上出现。碗柜张着空的口。砖瓦凸起而且崩坏。破的窗上的玻璃只是补上些透风的油纸。而且，在这空旷的、无生气的房子里，阿德连和沙伏特主人们，还整天像疯狗似的胡咬。

一个星期日，善终的固定的老主顾都不来了。他们都把他们的烟斗拿去。器皿的铜质失去了它的光泽，老钟继续地滴答着，只剩下几面荒废的、病白色的墙来注意它。这两位兄弟现在已经到了最后相触的时候了。

事情甚至到了一个地步，一个人对于另一个人所做的每一个声音都恨恶。当阿德连劈他的柴时，沙伏特只为造出介斧的声音，便开始在墙上钉钉子。一听见另一个人的脚步声，咳嗽。一觉到另一个人的存在——这是随时随地都有的，尤其是晚上当他们睡在隔室打着鼾的时候——一个人便要发起怒来。于是一个跑到顶阁上去，一个人跑到地窖里去，为的好安静睡觉。

有一天早晨阿德连忘记打开他的百叶窗，当沙伏特走出去的时候，他想："当阿德连不复在这所房子里的时候，这就是那样子。"当阿德连回来时，他也有同样的思想。

老波格曼大娘生了病，整天团在一个臂椅里。

现在他们才觉出她是唯一的保持着这家里残状的人。他们的恨失去了它的旁观者，它的必要的证人了。他们必须说话或相杀。

沙伏特把毒菌和生菜拌在一起。阿德连把砒放在糖里。

这是发生在同一天中，同一顿饭里。接着，每人都知道了另一个人的毒计，然而却顽固地保持他的决定的沉默，每人都爬到他的隅角里去死，一个在顶阁上，一个在地窖里，在善终旅店的两端。

婴儿杀戮

穆里思・梅德林克

穆里思・梅德林克（Mavrice Maeterlinck）于一八六二年生于杨德（Ghent）。初学法律，执行律师业不久，即弃职赴巴黎。在巴黎，得识著作家甚多，渐受熏陶，遂从事文学。其所作以诗与戏剧为多，童话剧《青鸟》尤为近代象征派文学之白眉。本篇小说系其早期所作，曾于一八八六年发表于某小杂志。说者谓其背景及描写颇神似弗兰特画派初期之名画也。

***

十二月二十六日礼拜五，约莫在晚餐时候，有一个小小的牧童来到那萨列特，可怕地哭喊着。

有几个在蓝狮酒店喝麦酒的农夫把百叶窗打开来，向村里的果树园望望，看见一个孩子在一片雪地上跑着。他们认识他是柯奈里斯的儿子，便在窗口对他这样喊：“什么事？你还不去睡觉！”

但是那孩子却用一种恐怖的声音回答着，告诉他们西班牙人来了，而且已经在田庄上放着火，又把他的母亲在一株栗树枝上缢死，又把他的九个小妹妹缚在一株大树的树干上。农夫们马上从酒店里跑出来，围住了那孩子，问了他许多话。他继续告诉他们说那些兵士都穿着钢甲，骑在马背上，又说他们已经把他舅舅贝特鲁斯·克拉叶的牲口抢了去，并且马上会赶着羊群和牲口跑进树林去了。

他们全体跑到了金阳酒店门口，柯奈里斯和他的内弟正在那里喝麦酒，而酒店主人却正急忙忙地跑到村子里去散布西班牙人来到的消息。

那萨列特地方起了一次大骚动。妇女们把窗打开，农夫们带了灯火从家里跑出去，到了果树园，便又把灯火熄灭，那地方是亮得像白天一样，因为有雪和正圆的月亮。他们在酒店门口的那块空地上把柯奈里斯和克拉叶团团围住，有许多都带了叉竿和铁耙。他们用恐怖的声音说话，在树荫下面纷纷议论着。

因为他们不知道怎么办才好，其中有一个便去把教士请了来，那教士也就是柯奈里斯所耕的田的主人。他把教堂的钥匙带在身边，随伴着那位祝司，而所有其他的人也都跟他走到了坟场上，到了那里，他走到一座高塔顶上对众宣说他什么也没有看见，无论在田野上，或是在树林里，但是在他的田庄那边却有许多红云。在四边的地平线上，天色都完全发青色，而且有许多的星。

在踟蹰了好一会之后，他们决定去躲在西班牙人会经过的树林里，如果他们人不多，便可以向他们袭击，把他们在田庄上抢去的贝特鲁斯·克拉叶的牲口以及旁的赃物夺回来。

男子们拿了叉竿和铲子当武器，妇女们却跟那教士一起留在教堂边。为要找一个适当的埋伏的地方，男子们走到了树林边靠近一家磨坊的有些小山的地方，在那儿，他们可以看到火光在天空的繁星间照耀。他们站定在一个结冰的池塘边的几株庞大的橡树下面。

一个被人称红矮子的牧人，爬到小山顶上去，警告那磨坊主人，那磨坊主人是在看到地平线上的火光的时候已经停了工。但是让那农夫进来，两个人一起到窗边对整个乡村望望。

月亮光明地照在这一场火灾上面，那两个男子看到有一大串的人在雪地上弯弯曲曲地走。看了一会儿，矮子便又走下来，回到在树林里等着的那一群中去。他们不久就看见远方有四个骑马的人，在一群沿路吃着草的牲口后面走来。他们站着，裹在他们的蓝裤子和红斗蓬里面，在有沉重的雪片在闪光的树枝下面向池边的四周望望，那祝司指示了他们一处黄杨木的篱笆，他们便去蹲在那后面。

那些西班牙人，在前面赶着羊群和其他牲口，在冰上面走过来，而当那些羊群走到篱笆边，开始咬着青草的时候，柯奈里斯冲了出去，旁的人也跟他走到了月光下面，全拿着他们的叉竿。于是发生了一次大屠杀，牛羊都缩作一团，看着这月光下的可怕的杀戮吓得动也不能动了。

当他们已经把那些人和马杀死了之后，柯奈里斯便离开广场，走向火光烛天的田场去，而旁的人却剩在那儿剥死人的衣服。随后，他们又都赶着牲口回村子来。在墓地的短墙后面望着那浓密的树林的妇人们，看见他们从树丛里走出来，便跟教士一起出去迎接他们。他们夹在哄笑的孩子们和狂吠的狗群之间，跳着舞，愉快地回来。矮子已经挑了许多，灯在梨树上像生了胭脂虫似的，人们在树荫下作着乐。接着，他们就问教士随后应该怎么办？他们决定派一辆车子去载那被缢死的妇人的尸身和她的九个小女儿，把她们全带回到村子里来。那死了的妇人的姊妹们以及另一些亲戚走上车去，那教士也上了车，因为他年纪又老，身体又肥，走路是非常的不方便。他们从车上到了树林里，静悄悄地达到了空旷的原野。在那儿，他们看见那些死了的兵，混身剥得精赤，而马匹在树林中的闪光的冰块上四脚朝天地躺着。他们走向至今还在原野的中央烧着的田庄去。

当他们走到烧着的屋子的果园边的时候，他们马上在园门边停住了，看着这一场可怕的悲剧。柯奈里斯的妻子在一株大栗树的枝条上挂着，混身精赤。他自己正爬上一架搁在树枝上的梯子去，在下面，他的九个小女儿正在草场上等候她们的母亲。柯奈里斯正在钻进交错的树枝去，忽然，在雪光掩映中，他看到了下面的一群人也正在望着他，一边哭，一边打手势叫他们来帮忙。他们便走进园子去，那祝司，那红矮子，蓝狮酒店和金阳酒店的老板，教士带着提灯，和另一些农夫们，都爬上堆满了雪的栗树去，把那缢死的妇人的尸首抬下来。妇人们在树根边接了那尸身，正像另一些妇人们曾经接过我们的主宰耶稣基督的尸身一样。

她在第二天就安葬了，以后一星期，那萨列特地方并没有发生什么奇怪的事情，但在下一个礼拜天，在刚做了弥撒之后，却有一群饿狼在村子里跑着，而雪又一直下到正午才停。于是太阳出来了，在天空光明地照耀着，而农夫们仍照常地回去用午餐，而穿起祝福时的衣服来。

在这时候，广场上是一个人也没有，因为天气非常的冷。只有鸡犬在树木边徘徊着，羊在成三角形的草地上啮着草，而那教士的女仆在园子里扫雪而已。

于是，有一队武装的人走过村子尽头处的石桥来，慢慢走近那果树园。有几个农夫走出屋子去，但一发现那些骑马的人是西班牙人，便马上害怕地逃了回去，到自己窗口去看着会发生些什么事情。那边是三十个骑兵，都披上甲。他们围绕着一位有胡子的老人。每一个骑兵都带着一个穿着黄衣服或是红衣服的步兵。他们走下马来，在雪地上跑步取暖，同时有几个披甲的兵士也走下马来。

他们走到金阳酒店门口，敲着门。经过相当踟蹰，门是开了，西班牙人走进来，在火炉边烘烘火，要着麦酒。随后，他们离开了酒店，把镬子、水瓶，都带走，又带了些面包给他们的同伴和那个在兵士们群中站着等候他们的白胡须老头子吃。因为街上还是非常荒凉，那司令官便派了几个在屋子后边的马兵去到旷地那边守卫着，又发令叫步兵把所有在两岁以下的婴孩都去捉来，因为他是要按照了《马太福音》里边所说的话而把他们全体杀戮。

那些人先走进小小的青蔬酒店和那家理发铺，这两家铺子是连接的占据着街道的中心的地位的。有一个人打开了猪栏，所有的猪都逃出来，在村镇各方面游荡。酒店主人和理发师从家里跑出来，很客气地问那些兵士要些什么，但是西班牙人并不懂弗朗特话，只顾自己走进屋子去找寻婴孩。酒店主人有一个孩子，他穿着小小的衬衣，坐在餐桌边，哭着。一个兵士把他抱在臂间，把他从苹果树下面带出来，他的父母跟在后面哭着。后来，步兵们又打开了桶匠、铁匠、皮匠的店门所，有的母牛、小牛、驴子、猪、山羊和绵羊都在广场上到处乱跑。当他们打开木匠家里的窗的时候，有许多这教区里的最有钱的和最年长的农夫们都已经聚集在街上，在走近那些西班牙人去。他们向那穿着绒衣服的首领很恭敬地除下了帽子，问他打算干些什么，但是连他也并不懂得他们的语言，于是有一个人便去请教士来，他是正预备去行祝福礼，已经在圣衣室里披上了他的金色的十字褡。农夫们喊着："西班牙到了果树园了！"

他害怕地跑到了教堂门口，唱歌班的孩子带了他们的香炉和蜡烛跟在后面。从门边，他可以看到许多牲口和各种家畜都已经从牲口房里逃出来，在草地上和雪堆里乱跑，和西班牙的骑兵，在屋子门前的步兵，缚在沿街树上的马匹，向那抱着依旧在小衬衫里的孩子的兵士祈求着的男子们妇人们。他赶忙跑着墓地上，农夫们不胜期待似的转向他，他们的教士，他像混身装金的上帝似的从梨树丛里来到了。当他面对那白胡须老头子站着的时候，他们紧紧地挤在他身边。他说了弗朗特话，又说拉丁文，但是那军官耸了耸肩，表示他还是不懂。

教区里的人低声地问他，“他说些什么？他打算要些什么？”另一些人，看见教士到了果树园，便小心地从茅屋里钻出来，妇人们赶忙走近来，一小群一小群地纷纷谈论。而那几个围攻酒店的兵士们又从里面走出来，看见广场上已经聚集了那么许多人。

于是，那个提着酒店主人的孩子的一条腿的人，便用刀把那婴儿的头割下了。农夫们看着那头掉下来，血向地下流。那做母亲的把孩子抢到臂间，忘记了那个头，跑回家去。跑的时候她碰在一株树上，便在雪地下倒下去，昏倒了，而那父亲却在跟两个兵士挣扎着。

几个年轻的农夫向西班牙人丢着石子和木块，但是骑兵把长矛拿在手里，妇女们便向各方面逃走，而那教士和他的教民却在羊群、鹅群和狗群的喧声中恐怖地尖叫着。

当那些兵士们又走下街道去了的时候，他们又安静了，等着看以后会发生些什么事情。有一群人走近到那祝司的姊妹们开的铺子里去，却依然对那七个跪在地下祈求的妇人一碰也不碰地就回了出来，于是，他们走进圣尼古拉斯的驼背开的酒店去。为希望着他们宽恕，门也是很快就开了的，但是当他们在大混乱中重新出来的时候，他们臂抱着三个小孩。那驼背，以及他的妻子和女儿们，都绕着兵士打着拱向他们祈求。那些兵士们走到他们的领袖身边，他们把那几个全穿着礼拜日的服装的孩子放在一株榆树荫下。有一个穿黄衣服的，站起来，用蹒跚的脚步走向那羊群去。一个兵士拔出了刀追过去，那孩子便马上倒在地下死了。旁的两个也在树根边杀死。农夫们和酒店主人的女儿们吃惊地喊着，逃回到家里去。在果树园里只剩下那教士，他跪下来，用可怜的声音向西班牙人求告，两臂交叉在胸前，跪着从这个身边到那个身边的求告，而被杀的孩子的父母却坐在雪地上，对那群割了的尸身痛苦地哭着。

步兵们在街上走，看见了一座大的蓝色的庄宅。他们想把门打开，但那门是栎树木的，还生着很大的钉子。因此，他们把冰牢在门口池塘里的水桶拿来堆积着，打算从二楼的窗口爬进屋子去。

屋子里刚有一次宴会，亲戚们都来吃方格饼火腿和蛋乳糕。听到打碎窗子的声音，他们都去躲在依然放着水壶和盆子的桌子后面。兵士们走到厨房里，经过一场伤了许多人的战斗之后，他们把所有的男女小孩都捉住了，同时还捉了一个咬伤一个兵士的手指的女佣，离开那屋子，还把门关上，免得他们追来。

那些没有孩子的人们小心地从家里出来，远远地跟着那些兵士。他们看见那些人把牺牲者抛掷在那老头子面前的地上，又狠心地用长矛和刀把他们杀戮。同时，男子和妇人们拥挤在庄宅和仓屋的窗边，咒骂着，当他们看见树丛里地上的自己的孩子的浅红色、红色或是白色的衣裳的时候，又把手臂高高地举向天空。后者，那些兵士又把那女佣在街道对面的半月酒店里缢死。村子里是一个悠长的沉默。

现在是成为一种普遍的虐杀了。母亲们从屋子里逃出来，打算穿过菜园和花园逃到旷地上去，但是骑兵却去把她们追回来，仍然把她们赶回到街上。农夫们，帽子紧紧地拿在手里，跪在拖着他们的孩子的兵士面前，狗在混乱中高兴地吠着。那教士，双手擎向天空，在屋子堆和树丛里冲来冲去，绝望地祈祷着，像一位殉教者。兵士们冷得发抖，一面走，一面嘘着手指，或是安静地站着，把手放在衣袋里，刀夹在腋下，站在他们正要打进去的门口。一小群一小群地向各方面走，看那些农夫们恐慌着，走进田庄，而在每一条街上都有同样的事情进行着。那卖花的园丁的老婆，她是住在教堂近旁一带浅红的屋子里的，拿着一张椅子在追赶一个把他的孩子载在小车里带走的兵士。看见她的孩子死了的时候，她非常痛苦，别人便把她去安顿在树边的椅子上。

另一些兵士爬到了粉着紫色的庄宅前面的菩提树上，打算从屋顶上爬进庄宅去。当他们又在屋顶上出现的时候，孩子们的父母伸长了手臂跟着他们。兵士们便强迫他们回去，后来觉得非用刀背来打他们不可了，否则是永远缠不清的，于是便又走下来，回到街上。

有一个家庭，是躲藏在一座大屋子的地窖里，站在铁栏边，惊惶着，而那做父亲的却在铁栏边挥着他的叉竿。外面，一个秃顶的老人坐在一堆草料上，自己哭着。在院子里，一个穿黄衣服的妇人已经晕倒了，她的哭泣着的丈夫用手臂抱住她，靠在一株梨树上。另外一个穿红衣服的妇人，手抓住她的小女孩，那小女孩的手已经割掉了，她把孩子的手举起来，看她还会动不会动。另外还有一个妇人是在向旷地逃着，兵士们在雪地上的稻草堆里向她追去。

在亚蒙力兄弟店前面，是一阵大的混乱。农夫们筑起一层防道，而兵士们却把小酒店围住，不能进去。他们想从葡萄藤攀上招牌去，忽然，他们看见花园门后面有一架梯子。把梯子架在墙上，他们一个一个地爬上去。但是那屋子的主人却从窗口把桌子和椅子向他们掷下来，又把瓦器和烛台都掷下来，把那梯子和兵士完全推倒了。

在村子边上的一间木房子里，另一小队兵士走到一个把她的孩子在木桶里洗身的老妇人身边去。她是又老又聋，他们进来的时候是听也不听到。两个兵士把木桶连带孩子一起抬了去，那个莫名其妙的老妇人向他们追来，手里拿着正要替孩子穿上去的衣服。走到村上，她看到许多血迹。果园里有刀，大街上有打碎了的摇篮，妇人们在她们的死了的孩子身上祷告着，扭着手。老妇人喊了起来，开始打那两个兵士，那两个兵士也把木桶放下，准备防卫。教士赶到她身边，她的手仍然拱起在十字褡上，求那些西班牙放点慈悲，在她前面，是那在木桶里尖叫的小孩。另一些兵士走上来，把那母亲缚在一株树上，便把那孩子带走了。

那屠夫把他的女孩子先藏好，然后装出不干己事似的靠在店铺门口，一个步兵和一个武装的骑兵走进他家里，在一个铜锅子里把那孩子找到了。那屠夫急忙抓起了一把刀，冲了上去，但那两个兵士却解除了他的武装，把他双手挂在墙上的钩子上。在墙上，他和死了的牲口一起，踢着脚，挣扎着，一直到晚间。

在墓地四边，有一大群人聚集在一座长而低的、青色的田庄门前。田庄主人站在门口，痛苦地哭着。他是一个肥胖，样子很愉快的人，他却引起了坐在墙边阳光里，拍着一条狗的兵士的怜悯。那兵士一边把他的孩子带去，一边做着手势，意思似乎是说："我没有办法？你不要怪我呀！"

有一个被追赶的农夫跳到了石桥边的一只小船里，带着他的女人和小孩，在池塘里没有结冰的地方很快地划着船。西班牙人不敢跟上去，只在岸边的芦草丛中愤愤地走着。他们走到了湖边的柳树丛中，想把长矛刺到船里去。刺不到，他们还继续向那些逃亡者威吓着，而逃亡者却在暗暗的水中走远了。

果树园边还挤满了人。大部分的孩子都是在那个地方，在白胡须的司令官面前被杀死的。两岁以上的勉强能够走路的孩子，在一起吃着面包和果酱，张大的眼睛在看跟他们一起玩耍的人被杀死，有的聚集在那个还在那儿吹笛子的痴子身边。

突然，村子里起了一种整然的行动，农夫们走向街道尽头处有许多牲口散布着的地方。他们在塔尖上看见了他们的主宰也在看着这次屠杀。男的女的，老的小的，看见他站在那儿，穿着天鹅绒的外衣，戴着金色的帽子，像天国之王似的，他们便都伸出了手，向他祈祷起来。但是他只擎了擎手，耸了耸肩膀，表示他是无能为力，而人民们却更热烈地祈祷他，赤着的膝盖跪在雪地上，可怜地喊着。他慢慢转过身，回到塔里去。最后的希望都断绝了。

所有的孩子都已经杀死，疲倦的兵士在草上拭了刀，又在梨树丛里用着晚餐，然后，一对一对的，他们离开了那萨列特，穿过石桥，向他们来的地方回去了。

落日把树林照得像火烧一样，把全村都染成血色。那教士精疲力尽在教堂面前的雪地上倒了下来，他的仆人站在他身边。他们俩向街上和果园里看看，那里还是充满了穿着礼拜日的衣服的农夫们。在许多人家的门口，都是做父亲把孩子的尸身抱着，依然是莫名其妙地惊慌着，悲悼着这一次的严重的悲剧。有些人在孩子死的地方哭着，在一个木桶边，在一架小车边，或是在池塘边。有些却静悄悄地把他们的死者带了回去。有的动手去洗凳子、椅子、桌子，和血染的衣服，或是把散在街上的摇篮拾回来。有许多母亲坐在树下面哭她们的孩子，还从他们的衣服把他们认回来。那些没有儿子的在方场上闲荡，却处处被哭泣着的母亲挡住了路。男子们停止了哭泣，在一片狗吠声中慢慢找寻他们的牲口。有的却一言不发地去修补起破了窗和屋顶来。

当月亮悄悄地升到安静的天空的时候，沉默落到了这村子上，而夜的阴影在轻轻地闪动着了。

朗勃兰的功课

曷琴·德穆尔特

曷琴·德穆尔特（Eugène Demolder）于一八六二年生于勃鲁塞尔（Brnxelles）。其主要著作为：《艺术印象》（*Impressions d'Art*）、《伊拜当的故事》（*Contes d'Yperdamme*）、《拿萨雷思的故事》（*Les Récits de Nazareth*）、《碧玉之路》（*La route d'Emuaude*）、《荷兰王后的冰鞋》（*Les Patins de la Reine de Hollande*）等等。本篇，即从《碧玉之路》中译出。德穆尔特擅长于描写，他把荷兰和弗朗特尔的旧画师的手法，应用到文学上去。他所写的东西，无不绚灿夺目，使人如对画图。

***

一天下午，高步思正在和他的老师一起工作，一个穿黑衣服的人走进画室来。他戴着一顶丝绒的小帽，一件有镶金瓣子的轻大氅遮着他的双肩；他的神气之间有点畏怯的样子；他的眼睛像茶褐色的宝石一般地闪着一种鲜明的光；在他的酡红色的耳朵上，垂着两个银耳环。这是荷兰渔人的风尚。他一直走到克鲁尔面前，和他接吻为礼。

这来人看上去约有四十五岁。他的隐藏在发灰褐色的反光的金黄色的髭须下面的微笑是和蔼的，可是如果你仔细看他的时候，你便会发现：在他的嘴角唇边，有着一种不可捉摸的苦痛的神情；卷发稍稍有点颤动；他的肿起的眼皮显露出他做着使他的眼睛疲倦的长时期的工作；遮在便帽下的光亮而多思虑的额角起着皱纹；棱角分明的大鼻子显露出他是出身于壮健的平民的；平坦的下颏表示着他是一个有意志的人；脸儿是圆圆的，可是一种不可驭制的思想的，以及一种斗争的生活的活跃，却似乎曾苦恼过这张有点坚忍而渴望不知道什么光荣和什么梦的脸儿。

高步思立刻认出是朗勃兰·房·伦，因为这位板画师常常把他自己的容貌刻在他的板画上，而他的面相，也曾好几次经过这青年的手中。

再则，高步思又常常在哈尔伦、海特、路特当或道尔特莱忒等地方的画商那儿见过这位大师的板画。他也每天在克鲁尔那儿研究着那些板画。克鲁尔搜集着他的板画，因为它们有一天会增价。高步思本能地了解了这些作品的至高无上的美。对于他，朗勃兰已变成了一种上帝，一种满手是光明的降凡的亚普罗神。这位奇才的蚀刻比太阳更鲜明地发着光。

“这简直是明灯。”马昂常常说。

的确，就是在暗黑中，人们也能看见他的那些蚀刻。它们的题材往往是从新约上来的。高步思曾经赏识过他的基督割礼祭、入庙礼、圣诞等等。在那些画中，人们可以看见在地下室的角隅间或圣殿的中央，有许多平民或希伯莱教士群集在幼小的耶稣的四周。这些像夜间的节庆一般地吸引人们的眼睛的画，由那画中人物所拿着的火炬，由那在襁褓中的上帝之子所发的圆光，以及由那刻画的朗勃兰本人的反光等所映着，奇异地辉耀着。

克鲁尔有一张很好的圣处女之死的印本。耶稣的母亲在一张华美的床上快断气了。一个老人慈父般地在给那垂死的女人闻一种香水，一个医生在那儿给她把脉。一位养着长须，戴着司教的帽子，由一个合唱队的童子伴着的大祭师，庄严地守着这神圣的临终。有些女人哀哀地哭着，她们把那病人的消息传给那些隐藏在一个高高的黑幕后面的人们。在前排上，一个录事坐在一本摊开的书前面，在记这著名的事件。可是，在华盖上面，在人类的苦痛上面，在哀伤的举动上面，在药品的气味上面，在妇人们的柔心和史家的记录上面，天使们像篆烟一般地飞翔着，前来接那圣处女的灵魂，又只让她一人看见。可是那青年画家记得特别清楚的，是那有一天画商称为“值一百弗洛林的画”。那幅画是刚刻印好。人们在那画上看见耶稣在为人治病。那些病人从院子底里的一个暗黑的大门里走出来。

由年老的妇人扶持着的拐脚的人们，抬在病床上的患风瘫病的人们，连床抬来的垂死的人们，跪着的跛子等等，都蹒跚地动着，穿着褴褛的衣衫，呈着饥寒的颜色，发着臭气，满身都是疮痍。耶稣一举手就使他们恢复了健康。他头上发着一圈圆光，两旁垂在肩上、披在他的白色的长袍上的头发，烘托出他的贫民的先知者的坚忍而安命的脸儿。在他的右面，一群被奇迹的真实所强烈地映照着的冷嘲者，正在争论基督的行为。这一群人是由冷嘲着的司祭、商人和哲学者组成的。在不安之中，他们正在设法想在那把他们赶出庙堂，并推翻了他们的信仰和权能的人的习尚之中，抓住一个罪名。一个类似的方总督的人，手中拿着一根手杖，脚边躺着一只狗，正在好奇地望着那神迹。可是那些怀疑者，那些商人和那些钱庄老板，不期为圣迹的显然的事实所服，也不能在他们的冷嘲的傲慢态度之下，抹煞那些穷苦人的信仰。那信仰从那在半明半暗中的穷人之群，上升到那下凡的上帝的救世的脸儿去。那热烈的明暗，那诱人入胜的空白，那强有力的凹凸起伏，这幅蚀雕的与众不同的意义，都使高步思深印在心底不能忘记。他常常想着这些，同时又想着这幅灿烂动人的画的作者。

现在，这位大师的沉着而洪大的声音在他耳边响着了。高步思一点也没有感到幻灭。他的上帝从显身的时候起就没有缩小过，正如法朗兹·克鲁尔一样。那幅“值一百弗洛林的画”的作者，可能是这位使人感到一种深深的仁善的，生着幻想者的眼睛的人。

克鲁尔已把高步思介绍给朗勃兰。那位大师除下了他的小帽，露出了他的深思的大前额，接着他把他的有雕缕的握柄的手杖旁在一个画架边。

“我要到海特去，”他说，“阿姆斯特丹使我住腻了。我需要再看见莱茵河岸，需要在那古旧的水上荡舟，需要看看那些树木。这会使我精神爽快。这会使我安息。这便像睡眠一样的好。”

“哦！是啊，”克鲁尔说，“你对于犹太人区和港口已厌倦了！”

“不是的，”朗勃兰回答，“我被那些来访我的人扰得不堪。我需要一点清静，一点自由。”

可是克鲁尔却说：

“可是世上却没有一个城比得上阿姆斯特丹！哙！你可不是在那里成名的吗?”

朗勃兰悲哀地微笑着。

“是的，”克鲁尔高声地说，“那是节庆和商业的城！你知道爱拉思莫想到这座城的基桩的时候所说的话吗?它的居民是那些在树顶上飞绕着的鸟儿！这就是他所说的话！呃，老实对你说，在这鸟房里，你有许多极好的孔雀、金鸡和小红鹌鹑的毛好拔！这些就值得在那里生活！再则人们还谈着你，人们看见你，尊重你，景仰你。当你到酒店里去喝一杯咖啡或一杯威士忌酒的时候，人们指点着你瞧！哎！我打算不久住到喀尔佛斯特拉忒去，穿起有钱人的流行的漂亮衣服，佩着漂亮的腰带，叫女人们看了着迷！”

朗勃兰不大听他的话。他望着高步思。这孩子的爽直而淳朴的脸儿使人中意。他在这张脸儿上找寻着那向艺术去的梦。在那青年人的眼底里，他想发现一个创造艺术家的梦。当克鲁尔对着那他以为和自己差不多平等的画家，欣然地说着自己的计划的时候，朗勃兰想着高步思的过去。这个像一朵被从花园里采开的含苞欲放的花一般的，被从家庭中拉出来的金发的少年，是从哪里来的呢？他是在哪里起了学画之心的？他将来的命运是怎样？纯洁的前额，柔和的瞳子，无疵的肤肉！这才是一个胆小、温和、天真而同时又有意志而有力量的人。模样儿很好的头，一直统的鼻子，和有劲儿的下颏，都显得他是如此。

房·伦对于这个道尔特莱忒地方的小学生起了一种很强的同情心。他看见高步思异常热心地偷看着他。当然，在这青年艺术家的心中，朗勃兰是占着一个很重要的地位。有一种电流使他预感到这件事。

可是克鲁尔中停了他的法螺，走到朗勃兰身边来：

“你一定旅行得疲倦了。好好地在这儿休息一下子吧。你可不是要清一清神吗？我有着莫赛尔河畔的美酒。”

朗勃兰微笑着。

“是的，我知道应该喝酒！风气并没有改变。”

克鲁尔去拿酒去了。

在这时候，朗勃兰对高步思说：

“呃，你很欢喜画书吗？”

巴伦特·高步思举起他的眼皮来。在他的那双碧天一般的看江河看平原的人们的眼睛的深处，朗勃兰看见好像有一个光荣、钦仰和希望的太阳升起来。

“是的，先生！”高步思轻声说。

“你长久就喜欢画了吗？”

“从孩子的时候起。”

“你的父亲是干甚的？”

“他是木匠。”

朗勃兰忧郁地微笑着说：

“木匠吗？……我的父亲也是木匠。你是哪里人？”

“麦士河畔的道尔特莱忒人。”

“我是莱茵河畔的海特人。”

“我早就知道了，先生。”

“你对于绘画的兴趣是怎样来的？”

高步思讲着圣经中的故事，扬·凯登的故事。接着他讲他的海特旅行和路加思·于甘士。

“路加思·于甘士，”朗勃兰打断他的诉说，“在我年轻的时候，我常常看见他在市政厅中的那幅《死者的复活》。”

“把绘画启示给我的便是这幅画。”高步思说。

朗勃兰听了很高兴。他的一点往时的情景，在这少年的禀赋之中显现了出来。他柔和地微笑着，好像找到了一个幼弟一般，心里想着：

“这孩子将重新开始过度和我一样的生活吗?”

看着高步思的兴奋，他的胆小，他的滚着一滴眼泪的碧眼的光彩，他的好像胸头藏着一个青年的太阳似的使他的脸儿着色的酡红，朗勃兰不觉越看越高兴。

他想着：

“我愿意在我的很仁善很温和的儿子谛都思身上看到这种热忱，这种诗情。”

可是克鲁尔已经带了酒瓶回来了，他把一个富丽的酒钟放在朗勃兰面前。

在看见了那个金爵的时候，那参孙的结婚的作者的眼睛发着光。酒落到杯中去，起着金黄色的泡沫。他举起杯子看，喝了一口。他向主人称赞着酒杯的美丽和酒的醇良。

“像这种样子的酒杯我只有一个，”克鲁尔高声地说，“这是巴维尔的胡伏刚公爵的礼物，我曾替他画过肖像。我从来不用这个酒盅，我知道你会看见了这酒盅欢喜，我亲爱的朗勃兰，你这位嗜好珍宝手饰的人!”

“哦！珍宝手饰！你什么也不忘记！我的画室就是一个杂货铺，一个犹太人的铺子，一个东方的市场！我有着那么多的旧兵器，竟使人会把我当作一个往时的军曹!”接着，他突然忧虑起来，皱着眉毛，说道：“这真是可怕的怪癖!”

可是他立刻驱散了他的忧虑。接着，想到了下面这个新主意，他又微笑起来，把他自己的心灵和艺术，稍稍地讲一点给那越来越讨他欢喜的高步思听。他愿意也把自己的灵魂的一些断片给予高步思，作为那使他听了那么高兴的高步思的自白的交换。他便说：

“在半明半暗中的金色给予我眼睛一种无比的灿烂。大太阳使这种金色俗气，阴暗却使金色恢复了它的魔力。在一个拦住太阳，使太阳沉睡着的天幕下，看一个披戴着项圈和手环的土耳其王妃跳舞，那是多么的奇观!你有没有注意到，在那些灯光幽暗的荷兰人的房间里，一个手钏给予了那带着它的裸露的手臂一种怎样的高贵、富丽或淫逸的意义?还有那些王冠呢?我喜欢它们的碧玉和它们的红宝石。在我看来，它们耀着异样的光彩。在那些宝石的闪光间，在那以前曾压在暴君和贵人的额上的宝冕的周围，一个死去的王权重新明亮着。多亏了饰着一枝羽毛的羊毛头巾，多亏了弯刀底镶嵌金银丝的柄，东方才全部地向我显现出来。是的，我爱好那些珠宝。我常常把它们画在我的画上。我以前用珍宝装饰我的可怜的妻子，而在她的温柔的脸上看它们的回光。”

朗勃兰很感动地摇着头，接着问克鲁尔有没有新作。

法朗兹·克鲁尔拿出一幅习作来，画着一个青年的捕虾的渔妇。站在蔚蓝色的天的布景上，呈着色彩富丽的朱红色，下唇突出着，颊儿上薄薄地涂着一点银白色，这活泼康健的渔妇臂下夹着一个柳条篮。她真是像活的一样。

“沙丘的空气在这里面颤动着。”朗勃兰说。

“哦，”克鲁尔说，“我为什么常常得不到这样的好身体来做我的画的资料！丰富的血，那就是身体的太阳？应该让它在皮肤下面流动着，又让人在一个胸膛上看见它，正如人们看见盛在瓶中的红葡萄酒一般！你瞧！这两个颊儿！它们可以比拟果园中的苹果！这两片嘴唇是又湿润又热！喉咙吗？那简直就是大麦和百合花！金黄色和赭红色的头发燃烧着，别人可不是要说，这就是能张帆行船使渔夫们争风吃醋的渔妇的头颅的火焰吗？”

朗勃兰一边点头称是，一边却稍稍有点笑克鲁尔的激昂。他用他的精细的蚀雕家的灵巧而有力的大手拿起酒钟来；接着，他瞬着眼睛仔细看了一会儿酒的泡沫，说道：

“祝你康健，克鲁尔！祝你康健，年轻的巴伦特！希望你也像我一样地在青年的时候就成名，而且永远盛名不衰！”

他又喝了一口酒。

于是，他带着一种熟思的神气说（这一定是怕高步思把克鲁尔的意见当作金科玉律）：

“当然，使自己画板里涌出血色的光彩、酡红色的肉体的闪光，是一件快乐。你的脾气更加驱使你这样去做。他寻找着皇庄丰满的裸体。你的理想，便是那会从北海的水沫间生出来的，统率着一对对强壮的水手和渔人的，壮健的维娜丝女神。你也喜欢使那些酩酊大醉的酒客，华丽的筵席，和挂着橙黄色的飘带的节日礼服不朽灭。可是，克鲁尔，你不以为贫穷的肉体也隐藏一种伟大的美吗？这是另一种的美。老实对你说，当一个发热而颤栗女丐在我的画室里脱掉了衣裳的时候，我感到一种很伟大的艺术的冲动，好像她就是海伦或克娄芭德女王一样。在她的宽弛的肤肉，她的起皱的肚子，她的空洞的乳房，和她的细瘦的腿的魔法书中，我读到了她的苦痛的生活的编年纪，她的茹苦忍辱，她的垂绝的母性。我看到了那总括在这个疲乏的背脊和腰肢之中的，全部浩大的人类的悲哀，我带着那压着我的同情之心竭力去表现那些肌肉的阴凄的疲劳，那些衣衫，重荷和疾病的痕迹。像脸上的眼泪一样，这些痕迹在躯体上留着苦难的烙印。我表现出皮肤的苍白色和黄色的色泽，和那在皮肤上铺着一种秋天的悲哀的色泽的茶褐色，并在腹上画着柔软的曲线，刻画出皱纹来。生活可不就是这样的吗？难道生活中就只有快乐吗？在一朵娇艳初放的芍药花旁边，可不是也有着凋零萎谢的芍药花吗？而那在暗沉沉的色彩中的垂死的女人，可不是在一切事物的和谐中完成了一个很深刻的职务吗？”

朗勃兰缄默了。克鲁尔一句话也不说地听着他，心中有点惘然。高步思听得出了神。朗勃兰的声音使他打着寒噤，他真想五体投地在那大师脚边。那大师的教诲像金雨一般地落在他的新鲜纯洁的灵魂中。

可是，那板画家向着呆站在画架边的学生看了一眼，便又说话了。据他说来，绘画应该是精神的。一切之中都须得由灵魂作主，一切的东西都应该有灵魂——树木、花草，甚至布匹、指环、短剑。艺术家须得用一片闪光使一把剑涌出一声呼喊，用微光燃起一朵蔷薇的娇艳，爱抚那有时掩藏着落日的残光的美丽的锦缎，而显露出这种灵魂来。他须得发现这隐藏在事物之中的生活。在喝干一杯郁金香花形酒杯的酒的时候，他应该想到这酒杯的形是从一朵花那儿借来的，而那花是注定饮日光的！这就是题材的奥秘、筋骨和形式的神秘的符契。凡是不注重这种奥秘和符契的人，画起画来便入于下品。“我昨天在沙阿当看见一只挂在肉铺里的肚子里的肺脏已挖空了的牛。它的色调的壮伟使我看了很高兴。如果我有时间作画，那么我就会使这头死牛的身上显出它皮肉受宰割时的最后的战栗，以及这头牛未死时的暴怒和劲力。我们可以在那像铁甲一般的坚实的肋部，在雄伟的腰部，在和脂肪混杂着的横蛮的血里，去表显出那些力量来。我准会欣然去颂扬那些草原之王的尸体，去在死神的获物中激动斗争和生气的情绪！”

朗勃兰不安地站了起来，在画室中踱着。他平时是一个沉默寡言的人，这时却突然转成滔滔善辩的了。他开了窗：

“这样可以把风景看得清楚一点。”

接着，他走到高步思身边去：

“你在那儿干什么?”

那个青年的画家退了一步，讷讷地说：

“你瞧!”

那是一张习作，画着一个哈尔伦的语言学家——他是每天来排姿势的。高步思刚在背景上修了几笔。在那背景上面，浮着一个带着白颈饰的黑眼的学者的沉思的脸儿。

朗勃兰表示满意：

“好一张习作!”

他微笑着拿起了那少年的调色板和画笔：

“你答应我来动几笔吗? 克鲁尔，你也答应吗? ……绘画引诱我，正如蛇引诱夏娃一样。我不能抵抗。哙，巴伦特，这位学者的面貌我了然地猜得出，可是要使他的神情格外显得沉思起见，你得在这里眼角上，和这里鬓边，添一点光线。在那里，你得把阴影添得浓一点! 这太淡一点了。我呢，我看来脸儿总是由一片反光映着的。太阳比肉的质地有更多的光。为要使肤肉发出它的光来，应该把这世界的灯遮暗一层! ……可不是吗，克鲁尔? 这两种光斗起来不是对手!”

“当然啰，那肖像。”画家说。

朗勃兰把颜色混和着，敏捷地调合了棕色、黄色、桃色，使画布明亮起来，使瞳子光耀起来。他用笔柄划匀卷发，又刷薄了厚厚的油膏。

他谈着肖像。两件微妙的事翱翔在人类的面具的前面：目光和微笑。“不可捉摸的散发，心灵的放送，灵魂的气焰。应该生生地捉住它们而调和它们。在一个模特儿的眼中，人们应该能看出思想，正如在水清见底的井里看出白卵石一般。”

“的确，”克鲁尔打断他的话说，“你的那些暗沉沉的肖像都像是灵魂的幽灵。你把你的人物理想化了。我却只用生命和血去装饰他们。”

“法朗兹·克鲁尔，你是大师，”朗勃兰放下了调色板慢慢地回答，“你的绘画的禀赋，是再高也没有了。再则你也在想法深切地研究心理，可是你走的是爽朗而绚烂的路，而我却迷途在我的阴暗的太阳的地窖中。你是欢乐，而我却有点忧郁！总之，我会过度一种在幽暗的化验室中炼金的术士的生活。是的，高步思·巴伦特，自从一个酷热的十月的下午，我在我父亲的磨坊里瞥见了那由古旧的墙反映在那些磨坊工人的脸儿上，又那么卓杰地映亮了他们的脸儿的光的时候起，我就得比一个囚徒更使劲地工作了！我虽则汗流浃背地努力，却总不能找到像我瞥见那种光的时候一样的光。”

朗勃兰做了一个失望的手势，使高步思见了惊讶失措。

他看到了高步思的这样神情，说道：

“可是你不要因此而气馁，你年纪很轻，而你的目光中又含着那么多希望！”

颧骨发着红，目光发着烧，这位大画师陈说着用油膏去表现情感的困难。如何用一点白色的、棕色的、红色的油膏，去表现仁善的沙马利丹的同情，整装待情郎的未婚妻的欢乐，离开托比的天使拉斐尔的神秘的飞翔，圣马谛的起灵感的神情，在十字架下面的圣处女的苦痛。我们可不是在油膏中混和着从一个殉难者胸头取出来的一块块心头肉吗？灵感是神膏和胆汁组成的。它是从哪里来的呢？

“我梦想着，”朗勃兰说，“一幅画着爱马于斯的弟子们的画。这个福音书中的故事，在我脑子里缠了很长久了。我很想画它，可是我不能完全满意地表现出来它。五年之前的一个秋天，我在阿姆斯特丹附近的一家古旧的客店中。夕暮已降了下来，从一扇高高的窗子间，射进了一片使人预感到夜之降临的微光，映照着客厅的四壁，轻拂着三张椅子，以及一张铺着一条太短的桌布，排着三个铅制的盆子的小桌子。在长时期的工作之后走出我的屋子去，而乡野已把它的伟大的诗情倾注到我的臭热的头脑中了。我正在那家古旧的客店里休息着的时候，忽然有三个人走了进来一声也不响地坐到那张小桌边去。我永远没有知道他们是什么人，他们的口音显得是勃吕日的弗朗特尔人。其中的一个背靠着墙壁坐着，脸儿正对着我。这是一个惨白而瘦削的人，生着白苍苍的红须，死鱼一般的眼睛。坐在他旁边的其余两个人，一个是白发老人，毛发乱蓬蓬的，被太阳晒黑的渔人；另一个是矮肥子，肩部很阔，生着方方正正的棕发的头——这是手上生胼胝，目光发呆的农夫的典型。他们默默地划着十字架。接着，那个瘦削的人眼睛望着天花板喃喃地念了一遍主祷文，那农夫合着手，垂倒了头，而那渔人却把拳头放在膝上，倾斜了前额，望前那祈祷从他的同伴的口中落下来。突然，从一个通到地窖去的附近的梯级上，走了一个少年上来，手中捧着一盆煎鱼。一看那几位客人在祷告，那少年便虔敬地楞住了。在这一刻之间，一种魔力便发生了出来。我的眼泪几乎要夺眶而出。在这晚间的一幕中，在那张寒伧的桌子前面，我看见了基督和爱马于斯的巡礼者。那个在祈祷的人，一边祷告，一边拿起了在他手边的面包，把它折碎了。那在他的流浪人的手指间的面包粉，立刻闪成了白银的色泽，好像是从圣柜中取出来似的！这个寒伧的人好像是陷在一种巨大的悲哀之中，他的前额发着光，他的脸上也有点亮晶晶的。在他前面的桌布好像是祭坛上的铺布。我为他的神色所动，差点儿要投身在他的足下，可是他的目光却止住了我——啊！这曾经看见过坟墓的石壁的目光，这苍穹所还没有完全恢复的目光，这在那最后的呼吸的残迹从而消隐了的紫色的嘴唇上面的目光！是的，我在一瞬之间看见了这一切，好像当一片闪电在一个花玻璃窗后面射出来的时候一样。这个梦只是一瞬间的。因为，在祈祷完毕之后，那三个人便从他们的衣袋中取出刀来切鱼了。

红石竹花

于尔拜·克安司

写实主义者；严谨，淡朴是他的作风，有时过于辛辣；描写的对象常是乡民与小资产阶级；于尔拜·克安司（Hubert Krains）以一八六二年生于比利时里日（Liège）省之华尔弗（Walfle）城，主要作品有《狂人故事》（一八九五）、《乡村恋爱》（一九〇四）、《地方素描》（一九一二）等长短篇小说。

***

晚上七点钟的列车刚开走。站长和他的雇员各自伏在案前工作，分占写字间的两角。现在谁都瞧不清楚了，下午雷雨以后，天色一直暗淡下去。

一会，站长将几张纸塞入信封，挥了地址，随手把封套掷到属员的案上：

“你把这个在下一班车寄出。”

这句话，脱头脱脑地说出，使雇员发生一个轻微的惊震。

不答话也不抬头，他伸长左手将信封移近了点。这时站长从口袋里拿出一面小镜子，当窗站着，他用手掌理头发。他又捻起八字须的两角，得意地赏玩着他红润的方脸，一个粗壮的脖子竖立宽大的肩上。

在他的文具近边，有几枝花浸在一杯水里。站长拔了一枝白玫瑰；接着，好玩地将白玫瑰插在原处，另取了一枝红石竹花。于是他合上写字台，戴上金边的制帽，离了办公室。

这时雇员抬起了头。看到站长手中执着的红石竹花，一个辛酸的微笑出现在他唇边。他搁了笔，转头向右手的窗。站长出现在车站的角上，迅速地穿过大路，走入一所小屋，屋中已张灯，映出玻璃窗上排成半圆形的字影：咖啡店。

雇员叉着手，血涌上了他的面颊。他一边咬髭须一边沉思，接着用手做一姿势，仿佛想赶开什么麻烦的事物，就重新将眼睛注视到写字台上。因昏冥已下降，他明了灯。一道光线，从金属的灯罩边流下来，照在他的间着银丝的黑发上，他的弓形的背上，以及灰白而宽皮的手上。

此刻他样子像在宁静地工作。可是，当他的笔平静地追随着一行号码时，他的手指时时去抹脸上淌下来的汗珠。忽然间他用脚顿地板。他造下了一个错误。他头直向后仰，张了口，吸一大口空气，接着仍想安心做事。他轻轻地数：五和六……十一……和九……二十和八……二十八……以为这样可以避免一切新的分心。最后，他索性掷了笔站起来叫道：

“今天又有鬼!”

他跑到窗口，望着车站，在潮湿发闪的钢轨车路以外，展开着阴沉的大野，眼所能见的只是几堆麦草。风在刮。这空洞的景象使他讨厌，他转到另一窗前。孤独的小咖啡店，和它的树木、庭园子，衬托在迷蒙的背境上。一条弱光穿过窗帷，沿着路映出蜡烛似的反射。周遭一切静定。只有风摇树颠，并且在电线上呻吟着。此外你可以听见雨后地上积水流渗的细声，雇员尽注视那闭着门的屋子。有时候他听出一阵含糊的对话，可是捉不住一个清楚的字。他所能知道的，就是谈话是很快活，有好几个男子在一块，一个女子的声音也夹在里边。“刚才从车上下来的几个买卖人也在那边。”他想。当他的颈窝起了个寒颤时，他颠起脚尖，更贴近窗。一阵大笑忽然从谈话中喷发出来，像一块石头似的打在他心上。他又坐下，擦擦眼睛，掀掀鼻子，想重新执笔，可又立刻放下，两手紧握着脑袋，含糊说：

“上帝！什么生活!”

第一千次，他自己问，什么可诅咒的手，将本是城里人的他推到这可怕的陷阱中而注定了终身。他回想到以前他用助员资格到回维埃车站去的那一天。在屋子里穿来穿去穿了半天，结果走进一间黑到像地窖似的小写字间，那里有一个白发的人，容貌严峻，在白皙宽弛的面部，耸着一支红鼻。这人一手执一管毛笔，一手拿一片号牌。他从眼镜上边注视着他：

“你叫作？……”

“亚绥纳·甲该。”

“唔！……你愿意进我们的同人会么？……”

“对了……”

“老人耸了耸肩，接着询问这少年人的年龄、家庭，以及他所学过的功课。随后他将手中的东西放下，抹了一撮鼻烟，凝了神以后，开始向甲该解释将来的工作。从他的断断续续而充满惊叹语的陈说中，对方明白仿佛有那么一瓶浆糊，几张号牌，须过称的商品，许多簿籍，用号码编排，在那上边他得“陆陆续续”或“每天夜晚”记下一些东西。

甲该开始工作。老人时常从他肩后俯了白发的头看他。如果满意于这学习者的工作时，他就一声不响退去了。否则，他格舌作声，轻轻地说道：“不是这样的，少年。”他就取下常插在耳边的铅笔，坐到甲该的位上，动手工作起来。站起后，他退倒几步，叹赏自己的工作说：“该这样才对……你瞧！”于是从背心兜里摸出鼻烟，抹了一撮，按着，向窗子走去，眺望栏杆外边列车的调动。

六个月过去了。一天早上，甲该到车站时，手执一张纸片，交给同事。后者即刻认出是调迁命令。他擦了眼镜，高声念出甲该新任所在的地名：“何胡耳。”他再说一遍“何胡耳”，手按着额，走近一张悬在墙上的老旧地图。他的无名指移动在尘积、硬化的地图上，发出格格的声音，像按在金属片上，结果停住在与佛拉芒交界的埃司倍角上。

“呃！呃！……”

老人转过身来，掀起了眼镜，一边注视甲该，一边重复说：

“呃！呃！……”

“什么?”年轻的问。

“你到那边去不会开心的。”

“为什么?”

“你瞧着吧……”

夜晚，因喝一杯“分别酒”，两人一同在天鹅咖啡店里，老人赞赏了那庄严的柜台、彩绘的墙，以及闪耀在煤气灯底下的玻璃与金属之后，对他同事说：

“在何胡耳，你再瞧不见这样的咖啡店了。”

“你在那儿不会开心的。”

“为什么呢？……”甲该又问。

老人摇头。

“没有社交……坏到不堪的啤酒。”

“古怪的主意，”沉默了一刻他又说，“你怎么会打算到机关里埋葬自己。”

他饮了一口：

“你知道，我，要是我是自由的话……”

“你将干什么?”甲该问。

“我所愿意做的，朋友，如果有教育……”

“可是这个，”他叹了口气接下去说，“我不该遇到那大安东纳的女儿……”

他没有解释明白甲该知道所谓“大安东的女儿”这人物在他生命中一定演过重要而没有结果的角色。

他们碰了最后一次的杯，喝干了，起身走。天色暗淡，路上寂静，凄清。街灯的玻璃罩子，格格地在风中响。在咖啡店门口，两人执住了手。他们曾经共同经过了生命的一页，现在，这一页势必要翻过去了。在不知不觉之中，习惯已使他们发生一种牵联，故离别使他们难过。

“再见!”老人突然说，边放开年轻人的手，为避免感情的纷乱起见。

“再见。”甲该说。

他们各自转了背。年轻人正待拐过路角，他的老同事向他喊道：

“好运道，那边!”

甲该离开回维埃在多雨的十一月某日。当他经过了里埃其，他仔细辨认他所不熟悉的风景。他得了一个不快意的印象。他转到各边看，只见一片平地，淡黄色，仿佛是一种黏土，被千万足迹踏平了。到处已经看不到收割的料食，只有数不清的甜萝卜叶堆，正在霉烂；颓秃的树木，树干被雨水淋黑了；暗淡的小村，挤集在教堂的钟塔底下；孤立的制糖工厂，高耸的烟囱冒着烟。有几辆大车，在路旁摇摇摆摆，像旅行商队的后卫，向远处仁慈天涯寻去路。到处有乌鸦遍地飞着，有时停在泥土上休息，用它们的黑嘴啄地，有时笨重地飞到别处去继续它们的搜括。地平线是灰色的雾掩被着，上边连接着低沉灰色的天。

这年轻人沉沉地遐想着，在野景的凄凉中丧了气。他梦到童年时代，梦到家庭，梦到过去的生活。他重新看见络儿，是他邻居的小女孩子，他快启身时她来找他。用了何等的深情她握他的手，轻轻说："你不会忘记我的吧？"他没有忘记她，可是他尤其没有忘记嘉娜……那天他可没有见到她，这一个……她回避了他。他叹道：

"我也许从此见不着她了……"

何胡耳车站，住于离村集五分钟处。光秃的墙，赤色的屋顶，铁栅的长窗，找不着半枝花的窄狭的花园，皆增加甲该的凄凉之感，地方的岑寂，本已在他身上发展了同样的感觉。那时候的站长倒是个老实人。他很有义气地接待他，给他许多有用的指导，尤其劝他在市集中心找一个公寓下宿。不幸那时所有的房间全给收税人员占完了，因正逢制糖的季节。故甲该不得不接受了寡妇彭凡的招待，她与她女儿开一家小咖啡店，在火车站对面。

一到星期日，他到村中周游了一会。他觉地方很可厌，正像别人预先告他的一样。此后他不再去了。吃完晚餐，他一个人留在吃饭的小室中。有一晚彭凡太太给他拿日报来。他心不在焉地看了一遍；接着他记起他的零碎东西还没有整理出来，随即上楼去开了箱子。箱子底里，有几本古典的书籍，两本得奖来的书，一支笛子一束歌曲。他拿了笛子，走近窗边，吹了几声。笛声消失在强劲的秋风里。他翻阅歌曲，所说的几乎全是情爱。

这令他想起嘉娜。他仿佛见到她的轻柔的身段和活泼的面容，含笑的嘴，棕色的眼珠，发着妩媚的光。从号啕的风中，他仿佛觉得她的可思慕的喘息，吹到了他唇边。在这兴奋之下，他给了她一封热情的长信，一直写到半夜。

此后他尽候着回音来到。一星期过去了，接着又是一星期，信息全无。

“你在何胡耳仿佛不很乐意。”有一晚，彭凡太大的女儿吉曼娜对他说。

“真的，”他说，“我在这儿不大乐意。”

彭凡太太耸了耸肩：“到处可以寻欢作乐的。”

又是一星期过去了，一封信也没有来。年轻人断望了。偶而吹弄笛子，他的双眼满了眼泪。黄昏时即，不知道如何是好，他常常将鼻尖贴在窗上，看看园中光秃的树木，跳舞在枯死花草之上，灰色的云摇摆在愁惨的天空，岑寂的旷野被一阵阵的雨打着。一晚，无聊之感咬他的心，使他不能忍受，逼他走到楼下的小咖啡店里。

他在那儿遇见何胡耳地方的测量师，糖厂的会计，以及林园警察。他们想玩纸牌，正三缺一。那警员，一位圆身材的人物，红脸灰须，映在灯光下，一见甲该高兴到不住地挥臂。

“你瞧，他终于来了……呃！……我正在这儿跟彭凡太太说……可不是么，彭凡太太，我跟你说过几百次了……我们永远见不着甲该先生了么……他怕着我们么？……想来他不愿意认我们……可是我们又不是豺狼！”

打完了纸牌，彭凡太太把她的房客请到厨房里。只见桌上有三只小玻璃杯，和一个小瓮。她解释道，每晚临睡，她必需喝一滴亚舍尔酒。这是从她先父遗留下来的老规矩。“这样可以支持胃府，而使人入睡。”

“祝康健！”

她说完了，用左手按在颔下，遮住臃肿的乳峰，仰头一饮，完了酒。

一个月之后，甲该已适应了他的新环境。晚上，咖啡座没有顾客，甲该就和那位女人留在厨房里。那边有一炉好火，一瓶啤酒，桌上是不会缺少核桃或干栗的。有时候吉曼娜唱小调，甲该用笛子合她。为节省女房东们的工作起见，他和她们一块吃饭。当那姑娘有毛线需缠绕时，他自荐担任执线团。

春天，路上行人们见到他在园里高卷了小衫袖子，执斧砍树。

夏天，晚餐以后，有时和吉曼娜以及她的母亲到车站左近去散散步。就在这些散步中，有一次，他开始挽住了姑娘的手臂。被夜的美丽引诱着，他们不觉走得远了。地上只有柔和的星光，天是清澈的，星子数不清。阵阵和煦的北风，在空气散播了麦穗香，时时有鹌鹑的热情的鸣声可以听到。大家走到旷野中间时，彭凡太太留在远处摘野罂宿花，于是两个青年人在路旁草地上坐下。

"多么美丽的夜晚。"甲该说。

"是呀，这是一个美丽的夜晚。"吉曼娜叹息说。

他们望望星星，听听鹌鹑的歌，看到远处的彭凡太太在麦田边俯着身走，用心找寻花朵。甲该被环境的孤寂与夜的阴暗壮了胆，将手轻轻地滑到少女的腰际，并且将她揪到自己身旁。沉默了一倾之后，他的灵魂溶化了，他的心直跳着，他轻轻说：

"我爱你，吉曼娜……"

正待在她眼色里找寻答语时，他觉得有两片热唇按到他嘴上来了……

就这样他变成了那女子的丈夫，她的高兴的笑声这时摇震在车站对面的小咖啡店里。

一边回想着过去的事情，甲该从写字台里拿出一个扁扁的小瓶，随手将瓶颈插入口中。烧酒好像香膏似的滑下了他的咽喉，这时听到有足声在月台的沙上响。他迅疾地藏了瓶子，重新伏在文牍上。

两个人进了办公室。前面那一个高大强壮，多须的脸，坚定的目光，脚套短统皮靴。另一个蜷屈得像树根，他的没有须的黄脸斜搁在右臂上，这使他不能不斜眼看人，一截残破的烟斗颤颤地勾在嘴角。两人皆穿蓝布铜扣工衣。

这两人是站上做工的。他们占领了办公室的中间，正对着一个翻砂火炉，火炉的爪形的脚，搁在一块大黑石板上。接着他们叉了手，眼光注定在助手弓起的背部。

“唵!”大个儿说。

沉默了一会以后，小个儿的那个也叫起了，好像前者的回声：

“唵!”

“站长上哪儿去了?”第一个人问。

“呸!”那同伴回答道，“你愿意他跑到哪儿去呢? ……问问甲该先生……”

两人遂即高声大笑。

“他好玩儿，我们的站长。”大个儿取巧地说。

雇员没有动弹。可是执笔的手不住地颤，太阳穴疾跳着，细的汗珠从他的面颊上流下来。那两人的话，每一句明明落在他心坎上，像一粒胡椒落在新伤痕上。

两人见甲该毫不回嘴，就出了办公室。走到月台上，他们略一停脚，互相照会了一眼，于是冷笑着走远了。

甲该打开他的写字台，重又喝了一口酒，又跑到窗前老地方去。

夜已整个下降了，无边的岑寂包围了车站。空气温暖，潮湿的草蒸发出一种好闻的香味，升到空间。蟋蟀的呻吟和蛙鸣互相应和着。突然一阵风从远处号啸着到来，掠过车站屋顶，撼动树木，而消灭在低微的呻吟中了。接着，重新开始深远的沉寂，间着蟋蟀的哦吟与蛙的噪聒。

在咖啡店中，已毫无声息。买卖人们全上路了，仿佛有一件神秘的事，藏在这所黑暗房屋，和发着微光的朦胧的窗中。握紧了拳，咬紧了牙齿，甲该用犷狞的眼光注视着对面。这不可穿透的隐秘，比刚才的快意的笑，更使他神昏意乱。他叹了一口气，脚跟顿地板，用力喊道：

“懦虫!!!”

这两个字在沉静的空气中显得非常响，他自已都害起怕来了。他转了身。该谁也没有听到吧。想避免重新发生这种事情，他坐到室中最黝黑的一角，两手蒙着头。他记得有一天，在同样的兴奋之下，他一气跑上家中的阁楼，在梁上打了一枚大钉子进去……

“那倒是我，懦虫!”他说。他站起来走到买票的窗洞口，因有人在打门。

最末一班车快来到。候车室里有一旅客踱着方步。他的轻柔的脚步，从一端拖到彼端，停顿一会，接着又走。忽然另一种步声，轻快的步声，沿着墙过来。重又俯在工作上的甲该，认识这是站长的足声。他的臂头颤了一下，脸上发生一层红的幕。当站长跨进来时，他迎头看了他一眼。另一个漫不在意地打他身边走过，到桌上找了支铅笔，遂又出去了。

来车的喧扰声开始听到。旅客们出了候车室，排立到月台上。两盏大灯在它们的玻璃框中照耀。

斜眼睛的工人站在铁轨边，靠一堆行李。两只手插在青色的裤袋里，腰部斜着，他神气像哲学家似的吸着他的烟斗。实际上，他在那儿观察踱来踱去的站长。站长的镇静使他惊奇，“在那边，他也许正寻了快乐。可是一到车站上，他是一个真正的领袖，认真的办事员，全力治事。”何等的冷静！何等有自制力！他想，他是一个强有力者，一个快活的人，坚定地站在他的生活上，有防御他的饭碗的能力，遇有必要时，像狗一样。火车过去了后，站长与甲该，又单独留在屋子里了。他们各自伏在写字台上，没有瞧见两个脸，一个是毛森森的，另一个瘦削像刀片，一声不响地立在窗外。那是两个工人，他们在动身离站之前，来作最后一次的窥探。

约一刻钟后，站长转身向雇员：

“还没有完么?”

“再过五分钟。”

站长燃起一截雪茄，打开日报。一只灯蛾闯到室中来，绕着灯飞。村中教堂打了六次钟。

助手最后将簿籍拿给站长。后者正开始在他的日报上打盹，遂没精打采地接过本子来看，雪茄执在一手，笔执在另一手。他在几处该画押的地方画了押，见到几处涂改的地方耸了耸肩，接着他打着呵欠推开了簿籍。

甲该匆匆地关上了格橱与写字台。他脸上已经没有一丝怒痕，可是眼色十分困倦凄惨。熄灯的时候，他见到灯蛾已经焚了身。它仰天躺着，脚爪向上，竭力想站起来，可是无效，四周散满了它翅膀上的灰色细粉。他一见想索性将它弄死，可是这小生物如此奋勇地与死挣扎，使他生怜。他将它翻过身来，当昆虫拐着脚在灰盘边拖动时，他熄了灯，出办公室，用卑微的声音轻轻说，仿佛对于刚才大模大样的气派乞恕。

“晚安，站长先生。”

那一个干燥地回道：

“晚安。”

一股清气流荡在夜影里。蟋蟀们现在只是断断续续地唱，已不如刚才的热烈，而青蛙们却不喘气地噪聒着。咖啡店的窗子是闭着。这所小小的屋子仿佛在睡觉，稍远的村子也一样，人家可以看它的长长的侧影。天上，云片好像一块破碎的黑布。在空隙中人家看见几粒星子。星子十分清，十分明，你可以说刚才的雷雨给它洗了澡。

甲该很舒适地吸着夜的甘美的空气。他独自在路上，黑暗中，倒觉很自在。再没什么恶意的眼色加到他身上来。再没有人在那儿揶揄他，窥测他的心事，阻止他脑壳中的秘密思想的展开！他的忧郁和刚才的忿怒一样，也平息下去了，在心里存留下的，只是一种受伤的灵魂的含糊的怅惘，觉得充满了心愿与无能为力之感。北风的吹拂使他觉得舒适。蟋蟀与青蛙在他耳边叫，仿佛是可亲近的声音。当他把锁匙放进自家门锁中时，他重复转身来纵览了空间一眼。云朵愈来愈破碎，露出无数星子。他用赞叹的神情眺望。他出神的眼睛仿佛说："星星，美丽的星星，你们是滚在无际的空间，我也一样，我了解你们……是，我了解你们……我是一个人……一个能感觉的人……一个痛苦的人……星星，美丽的星星……"

他的眼睛模糊了，他咽喉哽住了，他什么也看不见了。遂即低头开了门。

他穿过没有张灯的咖啡座，走到厨房里。他的女人坐在桌边候着他，红石竹花照耀在她的衣襟上。

一见这花，甲该面色灰白了，可是他不出一声，尊严地对着他的晚餐坐下。

他一边吃，一边偷偷地看吉曼娜。他穿一件葵色的上衣，非常贴切她的胸部线条。她的粉红的耳轮，一半让金黄色的鬓角遮盖了，旁边还有一个玳瑁嵌金的梳子。她的长长的睫毛荫蔽着她的眼睛。她现在已经是微微发一点胖的女人，皮肤上的光润细毛与色泽，正像成熟的桃子。在这时候，她发红的脸，有一种享福的神气，而嘴唇上则挂着莫名其妙的微笑。

甲该竭力想平静地吃饭，可是他的眼睛老是停住在招展在他眼前的红色花朵上。他的脸愈来愈灰白了，心中被一股热气抑住着。他喝了好几杯啤酒想平息心里烧着的火。他向周围注视了一遍，窗户严扃着，死一般的静寂。宰治在屋子里。阴暗的天花板底下，高高悬着彭凡太太的铅笔画像，她穿星期日的新衣，两只粗壮的手交叉在气球似的肚子上。自从这幅画像的主人安息在墓园里，十年以来，家中的事情起了多少变化……甲该拿出手帕，擦擦脸，闭上眼睛。当他重新张开眼睛来时，一切都在他的眼珠子前面跳舞。红石竹花栩栩跳动着，好像是活的。他只见花渐渐放大，像一大花束，后又收小，接着重复放大，像一大火轮。巨大花瓣，拂拭他，牵引他，逼迫沉浸到它的刺戟的香气中。他咬紧了牙齿，蹙足了眉头，同时他的手按到餐刀的柄上，尖利的刀锋好像月亮的寒光似的照耀在灯下。

花不断地开合着。每当它张开来时，他看见有一些血红而跳动的东西在中间，好像一个心。他耳边有一个声音低低说："就是这儿……这儿……该进攻的地方！……"他手执紧了刀，缩到桌边，渐渐移到他胸际。那声音仍在耳边叫："打过去！……以后……管它呢……"他将肘底离开腰身，拳向内弯，要想作势扑过去，忽然间，他的手臂松散了……

因紧闭的小室中热度不住增加，吉曼娜解开了她胸前的纽扣。当甲该拿刀向她瞄准时，他的眼睛忽然迷失于她的白颈项上了。白颈项的光艳，夺了石竹花的绒样的闪光。

此刻他眼中只见这支裸露的颈项了，它莹洁到像百合花，坚实到像大理石制成的，挺立着，好似一只鸽子的颈项。他的心从深底里起了扰乱，一个欲望、粗暴、含糊、温和、好像刚才远处的星星所引起的一样，从他的胸部上升，直到脑部，好像一股香气。无形中，心的跳跃共振到搁在桌上的双手。“上帝！她是多么美!”他想。他的心、手颤动得更厉害了。“这是我的妻!”他骄傲地想：“我的妻……”这思想使他低了头，可是立刻他又仰起来了。充满着欲望的眼睛，重新注定白皙的喉围上。重新他想：“这是我的妻！……”他伸了手，想喊：“你多美呀，吉曼娜!”却见她拿下衣襟上的红石竹花，放在脸边嗅着。

甲该用一个机械的姿势推开菜碟。同时他的眼睛又落在刀上。可是不……不……他不能这样做……他太爱她了……

他两手紧抱着头，仿佛他想挤破头，接着他突然立起来，走到厨房的一角上。在一只装乱七八糟的东西的大筐里找了一扎绳子。他挑了一根最粗最结实的，遂即搁在口袋里，跑到阁楼上去。他在黑暗中伸臂摸了五六步，又在裤上划亮了一根火柴，擎到头以上，想找到他以前打在梁上的钉子……

在楼下，吉曼娜收拾了桌子，她用轻的步子在屋子里来回转。做完了事，她跑进咖啡座，用手将窗帘托起。所有的云片全已消散，月亮已经上升。在乌木般的高空，月亮在众星之间横过，好似一柄镀银的镰刀。一道金黄色的光线照耀在平原上，四下里已没有一点声音。吉曼娜迅疾地在这平静清澈的野景上掠了一眼，接着她的眼睛搜探着屋子附近一带。片刻之后，一个黑影出现在道上。女人于是放手让窗帷落下，跑近门边，轻轻地开了门。

从门外，一个男子的声音问道：

“他睡了吗?”

“他睡了。”吉曼娜回答。

男子用脚尖走近来，对面有一只手伸过来引导他。他跨过门槛，进了屋子。

公　鸡

鲁易·特拉脱

鲁易·特拉脱（Louis Delattre）一八七〇年生于比利时之爱诺省（Hainaut）。比国文学在大战以前，充满着象征的空气，而特拉脱是其中有才具的一个。他的纤细的观察与雍容的讽刺，使多少山川、人物皆永生在确实而生动的笔意中。特拉脱是医生，井市细民因此不至于十分与他隔膜。他喜欢用微讽的同情描绘他们，这成了他作品的特色。主要作品：故乡短篇，《青春之镜》（一八九四）、《口卸玫瑰》（一八九六）、《恋爱以前》（一九一〇）、《村医手札》（一九一一）、《小百姓们的玩意儿》（一九〇八）。下译两则，即属于《小百姓们的玩意儿》短篇集。

＊＊＊

婶母巴倍特·左安，亚贝·拉·纳夫城的，因等候她媳妇到三位一体节来家午餐，决意宰老公鸡作羹。

她用小麦做成面包形状，跑到院子里干草堆上。叫“嘟嘟嘟嘟……”母鸡们全跑过来了，公鸡跟在后边，拖着红须，身份尊严、得体，婶母巴倍特将它捉住。

她在抽屉里找出一柄削马铃薯的小刀，随手在阶石上磨了几下，将公鸡夹在两膝之间，想在喉颈上找一个适当的地方下刀。可是没有这番狠心。她索性将那畜生抛了，它边叫边逃，得了自由之后的粗野、豪迈，正与刚才的目睁口呆一样，并且向前拖着脖子，东西横闯着。

可是婶母巴倍特重新鼓了勇气。稍停之后，戴上了眼镜，她用袜底轻轻走近公鸡背后，将手中木屐，用力打去，于是家禽倒毙在地上。

她在灶壁上寻出积受羽毛的小篮。然后，因不愿弄脏刚才打扫过的屋子，和红色的地砖，她将自己安置到过廊里，动手工作。她拔腹部的细毛；她将拇指用口沫打湿，对付背部的羽毛；她用双手拉下翼翅上的长翎。

她一边工作，一边又愁闷又高兴。闷的是老公鸡被杀了，高兴的是它有这样美，这样多肉，那踞蹲用的大腿，不骗人，足有小孩子拳头那么粗。她老停下来试试分量，第一次估计四斤，又一次她相信五斤。她高兴地对自己说，吃了中饭，保有余多的，给晚上冷吃。

晚上，婶母巴倍特夏季照例是不张灯的。故她将杀好了的公鸡搁入碗橱，计算在明晨弥撒之前动手剖洗。她抖去身上的乱毛，抓掉几个跑在她的皱皮上的鸡身上的小虱。于是烧了一大杯咖啡，用过晚餐，她上楼安息了。

呵，到次晨，天一明，婶母巴倍特就起床来，她叠好床，手提水壶，走下楼。因要生火，她向灶口投入几根细柴，这时她发一声尖厉惊叫。在一只面包筐中，躺着一个异乎寻常的小动物，缩头缩脚，皮色黄而带蓝，无毛无羽，巨骨耸出，断肢折胫，足爪作鳞介状，尾部尖突，且有一条皱缩的创痕。同时婶母巴倍特见到了鲜明，抖动的红色的冠，以及金色小眼，这些她均已见到过，于是她合合掌。

这是她的老公鸡，没有全打死，毛已拔光了，还活在那儿，夜间从碗橱里跳下来，在角上取暖。她可没有重新阻止它活下去的主意。婶母巴倍特无非想吃她的老公鸡，并不愿意虐待它。而到此刻，事情十分窘，她甚至一边哭一边拿了块围巾替它包上，从腹部包转来，结子打在尾尻骨上。

她给它丰富的谷子和水。她将它置在灶边，好好服侍它像病人似的，且不让它给别人瞧见，这副可怜的打扮，即使是母鸡们。而它，过完长夏，渐渐长出细毛。它能出来了，没有尾巴，满意于仍然活着，重又开始卖力气啼唱。

可是，这一年的三位一体节，婶母巴倍特只给媳妇喝牛肉羹。

新　闻

鲁易·特拉脱

四月初，风转了向，春天在一夜间开放了，好像林中的莲馨花。格先生在他的屯上的住宅中，十分舒适。他差女仆到园的尽头，登上墙边的大石，望外边看看，是不是好天气真的回来了。

是好天气。女仆肯定说，用清澈的声音，正如她的眼睛之蓝与头发之棕黄，说风向天空好的一边吹。唾沫满了她的唇边。

格先生于是表示十分愉快，相信了她。他只做一个手势，叫女仆且慢。她回来，用红色而和气的手拿给他在这么一天应当穿的衣服。

裤子作咖啡和奶的颜色，奶是羊奶，使咖啡更其黄；上衣是黑的绒，蛀虫疤全仔细缝上了；印度绸的丝巾，上绘胡瓜形的采纹；帽子用一滴油擦得通亮；以及一根坚固良好的手杖，一枝橡树的幼根，上加象牙的捏手。

格先生打扮好了，女仆扶了他的臂，走下门口的阶石，一直扶到街心。他一脚一脚走，同时她一边用左手在背后引着他，一边用她的木屐踢开前面的一块小石。

“得了!”她说。

“行啦!”他说。于是他鼓起力量，启程走了。

他用小脚步走，脚跟叩着地响。他脖子往前伸，头仰上，老像是在做姿势称是。许久以来，格先生如果要做一姿势说不，颇为费劲，因他颈窝摇颤了，故他说不亦只点头。

今天，他脑袋的是——是，更其显得迫促。他的眼睛，在皱皮灰毛的眼窝里发光，清新的空气使他眼睛充满了冷泪，它们像美丽的古老珠宝……“是，是，是……”于是他在蔚蓝的新天空上，仿佛执住了别人见不到的恍惚的某物。尤其是远处，在白屋与圆橡两座小山之间，空气的侧光，像缎子，十分愉快。他的手杖击着他，格先生尽走尽走。

一滴鼻涕挂到他鼻尖，走到脱利厄广场，老人忽然做出一种孩子尝到大家公有的，不禁止，也不害臊的快乐时的态度。

“哦！哦！格老爹。”车匠叫，他在店前路上工作，他一手捏着烟斗，一手拿斧头，正削一个壁阁架子。他是通红的，因为快活，且在风中工作。“你到了，怎样？好天气重新来了!”

“四月的空气，年轻人，这是四月的空气。”格先生大声叫，不停脚，微笑着，吸着鼻涕，击着手杖，“敬礼！敬礼!”他尽走。一会到了钉匠的火炉边。风箱鼓动着，锤子用急促的调子打过赤铁的细条。钉匠不能停手，可是见到格先生他笑，轻轻地笑，因他正在使劲打铁。

“日安，格老爹！冬天过完啦。哈！哈！我很知道好风会将你吹到那儿去，嘿，那开玩笑的家伙！”

“唔，唔，唔！”同时白发红皮的脑壳接下去说：是，是，是……

走到广场尽头，一家以金雀花为记的酒店，格先生到了他女友家中了！他是八十岁。而她呢，还不到二十。她在窗里缝纫，看到他走近来。他跨阶沿时，她出来开了门。她牙齿间咬着许多线头，漂荡着，好像是篱间的圣处女画像。她引他到炉架近边的低椅子上，让他靠近铁火炉坐下，用一只水晶小杯，给他尝一口杜松酒。接着她又低头做针线。

缓缓地，不着急，她给他讲一些传不到格先生家中去乡间的新闻。她叙述着某人死了，某人生了。

“唔，这些花花絮絮！……无人出门……在我那时……”

然而格先生让他的话在中途打断，要找出一大串连贯的话，使他立刻就疲倦了。再说，他是这等快慰！

时间过去了。在屋子里，淡黄色的太阳爬到墙上去，人闻到煨在火上的晚餐，煮到正好，发放香味。格先生站起来。

“你这就要走了吗？”酒家女子问。她在烟囱架上，一个结着芦草的瓶子和一座雕像之间，找出一份折叠的新闻纸。已经让磨擦到发黄，十分肮脏。

“把这些新闻带了去吧，”她说，“你去念念，一定很有意思的。”

“谢谢，”格先生说，“是——是！我下星期带转来，等念完了过后。”

他动身走了。用脚跟的小步，手杖的敲击，以及做着“是、是”的姿势，他终于走到家了。

他在小盘子里用他的晚餐。盘子上的彩绘全都磨光了，锡匙也一边磨损了的。坐到粗绒的围身椅上，用了放大镜的帮助，他翻看新闻纸。放大镜的玻璃片磨擦到像盖上了一层蜘蛛网。新闻可不少，好繁复！……可不久天就黑下来了。格先生折上新闻纸，正合在旧折纹上。他明天再读。

“这些花花絮絮！”他的嘴唇说。同时他的温和、快活而凋萎的小灵魂，含糊地唱：“这一切有什么用处呢?”

可是他一定继续念完他的新闻纸。一等他念完过后，他准拿去还给酒店，搁在原处，没有错儿。因此而他以后，经过长夏，以至来冬，在这像紫丁香开在日光下似的睡眠的小村中，另一个好事者仍能读到世界上的这新闻，属于那广大的世界的，在远远的地方。

冲　击

保尔·安特列

保尔·安特列（Paul André）一八七三年生于维佛尔（Nivelles）。炮兵军官，比京军事学校的法国文学教授，保尔·安特列，是晚近比利时作家中产量最丰的一人。小说、故事、戏曲、新闻记者，他全毫不费力地担任着，主要作品：《从大路上》（*Par les Chemius*，1895）、《孩子们》（*Des Enfauts*，1896）、《亲爱的小猴儿们》（*Chers petits singes*，1899）、《恋情教育》（*Education amourense*，1900）、《威信》（*Le Presfige*，1903）、《花带》（*La Gui-rlande*，1910），本篇即属于后者集中。

***

比哀·勒尼克在服兵役时期，认识美丽的梅拉妮·班尼叶。那是一位温柔的姑娘，勇敢、快活。她父亲在几顷仁慈的地土上，来回驱策着犁锄与镰刀；母亲成天用小步子从厨房走到厩房，从天井走到菜园，每星期六就将柳条的大筐挂在臂上，到市上拿鸡蛋、牛油、时鲜水果去换钱。至于梅拉妮，她挤牛奶，搅牛奶，蒸面包，洗衣服，并且在这些干练的工作之外，每天还要安排出时间来使自己能够在门口或路边的篱笆下闲立，等比哀·勒尼克，到六点钟光景，从炮台中出来，经过佛兰特之米街的街房，到村子里去。

勒尼克是轻健的大佐。他炮兵制服上的金缏与金缍，他的微笑与金黄色的八字须，使那位小姑娘全心感动了。

他们倾谈。他时常互相注视，认识了充满隐秘的希望的恋爱的亲切，实在的快慰。在周年节的舞社里，梅拉妮显示了能在一个富于诱惑性的军士的怀抱中跳舞的骄傲。

勒尼克不愿意回到他的工厂区的故乡去，不愿去担任曾经尝试过的打铁的苦工，在军役应征尚未到来之前，他贡献了他的那条勇健的手臂给田庄主人，一面请他收为子婿。

三年之间，和蔼的空气充满在白色的小屋中，一个小孩子生下来了，更深的爱情与平安的幸福，联结了这些老实人的命运。

一天，在大路上，他们见有军队开过。这是一个早晨，十分早，在二月里。老爹正在将干草一捆捆装到车上，比哀正在整理马背的皮络。

步兵过去了，后边接着是工兵。军官们的马蹄打在石子路上震天响。

人们谈着战争，总动员。比哀不去搬干草了，却回到炮台里，那边的老兵还认识他。

在斧头急促的斫伐之下，树木纷纷滚落在工程旁边。斜坡上插满人造荆棘的网。热闹的声音从地下层传出来，人们在那里忙碌第一次的布置。

回到家里，比哀·勒尼克发现两个妇人都在哭泣。地保已经传来了召集的命令。几小时之后，他就得与她们告别，这别离的期间是何等惨伤而不可捉摸……

事变接连着到来。敌人，在三天之内，侵占了全境，猛烈的炮声轰响着。比哀重新穿起红绒沿边的短衣，绒球的警帽，至于他的女人，孩子，那个老人，全逃跑了，跟不幸的与炮台为邻的村子里别的人们一样。田庄是空虚了，畜栏全冷落着。在槽里，发酸的牛乳结了块。耗子们穿通了一袋面粉，大张庆筵起来了。一只金丝雀，被匆忙出走的主人们，遗忘在笼中，一双僵硬的小爪向上着，死在那儿，旁边的水盂是干涸了，食盆里没有一粒黍子。

比哀·勒尼克，当他从炮台出来到田野上巡视，或者在铁甲的射击探视室中值班，从小孔中望到周围，瞥见被着一棵樱桃树的屋角，他的不安与抑郁痛苦到不可收拾。

他知道长官们正在讨论是否应当将佛兰特之米的这些屋舍全铲平。是否应当将邻近一带炮击地面完全弥平，或者就将那些建筑物留下，岂不是可以用作防御的壁垒，在主力袭击到来时，作为坚实的支撑点？这一堆的屋宇，一列墙垣，岂非天生的藩篱？

结果决定一切保持原样。

比哀·勒尼克立刻觉得一种不可遏制的轻松。他深爱那所卑微的住宅，那边曾荫蔽过他的幸福，保障过他的爱情，养育过他的孩子。不管当时的可怕的悲剧，比哀保存着不久以后回到这苔藓的瓦屋之下去生活的希望，在那边，他将重新开始安静、恬淡的舒适生活。

在这期间，压迫包围地带的铁与火的范围愈益缩小了。在炮台上发出的疯狂的射击之后，接着就是袭击者们的射击与呼吼，那些恶魔的凶手听去似乎一天天接近了。显然在不久之后，会有一次冲锋的探试。

薄暮，敌人的步兵开始出现在田野上五六个地点上，从林木边闪现着，从间谷里涌上来，或挤上高墩。排枪哔卜地对响着，可是没有延长多久，因我们的步兵退下来，使炮上的射击可以自由活动。

比哀·勒尼克驻守在一个荫蔽的射击探视塔里，在一个临驾在从梅司到佛兰特之米街的一条上升的道路出口的高坡上。

在厚金属的圆顶之下，他一动不动地瞧守着，一点也瞧不见明知道就在近边展开的戏剧。他的三个助手预备着运转回旋器，拖铁索，搬弹药。

隐埋着的炮的射击。只听到一些很小的声响，像一粒雹子打在玻璃。这声音也停止了。勒尼克只听到发动机的喘息声了，不时有传令的铃声，在甬道中有人声说话，回声拖长着，尤其是他听到他的心急促地跳，血在脉管中与太阳穴里奔流。

钟声在身边响。他接到简短的命令：

“射击！”

他高声地复述一遍。

一个人就动手拉杠。另一人用手拖铁索，汽轴抽动着，炮身在轨道上开始前进。勒尼克爬上小梯子，坐到上面的鞍子上，从打开着的炮眼里，他向外望。

田野一片荒凉。低沉灰色的天空，作灰黄的铁色；橙色，在落日处，则作玫瑰色。机械的地，这小军官寻思道：

“晚上得下雨。”

接着他高声喝：

“望台向右！”

助手运转回旋器，铁甲的笼子就轻捷无声地转动着。射击手的视线，跟随望台的旋转，巡视扇形圈内的地带，不久后就当被弹雨盖遍。这边是刈平的树林，橡树，榉树，绿色的柏树，堆成坚密的障碍。那边是碧芽遍放的田野。在稍远处，耕了一半的田陇，犁锄生了锈，弃置在其中。再那边是荫蔽的藩篱，敌人也许就在篱边预备冲出来。再那边是佛兰之米的街屋、屋角、樱树、垣墙……

勒尼克又接到一道命令。那是一些数目字，一些简短的说明，由指挥官传达过来的。

这小军官在他面前拿了一个长形的炮弹，塞入弹槽里，一手按定了瞄准尺，眼睛注定在尺上。他的右臂，用一个猛烈的动作，将把手按下去，于是一声震撼的爆裂声响出来了，很短促惊人似的。黄铜的弹壳，被回击出来，打在壁，响朗地滚在地上。烟雾迷漫了窄狭的小室，刺戟着四个人的喉头、鼻、口、眼睛。勒尼克已经换上了弹药。可是他不立刻射发，先眺望。

风已经吹散炮口前边的烟雾。有几朵余烟仍挂在水泥的台基近处。可是在远处，离开望台觉五百米突处，在一家屋顶上，一个大大的伤口已经打开着了。

比哀·勒尼克的心愈收愈紧了。

他第二次按下把手，眺望室震颤摇撼着。

邻近的那些高坡，同时发出轰射的声响，从这时以后，就没有间息了；村子里一垛垛的墙，将要塌陷下去；房屋的架子，被轰炸以后将它们的焦烂的椽子竖向天空；碎石与石灰的细末，飞散在成阵的尘土中；大块的泥土将抛掷到远林树之外；窗户将倏忽地不见，只留一些黑洞洞的孔眼；仓库里，火灾到处发生着，将照耀一个一个通夜，一直到敌人步兵的卷潮，被迫从他们隐蔽物底下出来，在一切田场、畜栏、园林里到处跑。

他们布满在田野上，攀登篱笆，或跳到沟道里去。他们是几百人，接着几千，于是整空间被盖没了。

勒尼克瞧着他们成一列队前奔，很小，波动着。他们寻找地上的高低岸在那边旁蜷缩一会，接着又出来，在他们后边，跟着队伍，更密的行列，也从无可隐蔽的村子里出来，冲到平原上。

勒尼克向他的副手们喊了一个命令，于是他将开花炮的盒子投入张开在他面前的无餍足的大嘴中去。

他的手臂此刻不停地摇着把手，在每一个举动中，是二百个致命的机会他送到沟道那边去。

一个副手凝神按动运转器，轻捷地转动着探望室，使射击能时时移动位置，不停地扫射，不遗漏一个角隅，不放过一条生命。

敌人的冲击折断在弹药无情的呼啸，雨一般地点洒之下了。对着高坡喷射的敌人的炮火，以及搁满在射击堤上的无数的枪，渐渐地对准了每一个隐蔽的探射室。

十个敌人从屋子里出来，仅有一个跑到高坡的脚边，正要向荆棘与尖利的木桩挣扎上去，弹雨轮到他身上，将他放翻了。尸身互相扭滚着，以后才停止在血与泥的混合物中；另一些尸身站着，靠在树上，或墙上，弹子仍不断地飞到他们身上攒孔。在犁刀上以及犁柄上，弹子响朗地打着，仿佛在打靶。在林中，倒在地上的树木，外皮全被射脱，露出雪白的树身来。

在狭窄的小室中，比哀·勒尼克窒息在火药气中，又被烟雾弄瞎了眼睛，这烟雾，掩没了整个戏剧的面场。他什么也瞧不见，麻木的耳膜，听不到敌人的呼喊与喘息。

可是在障碍物后边的那些步枪手，什么可怕的细节全见到。他们看见在高坡上有一个人推着一具尸体当作盾牌。有一个已经攀上墙跟，他正预备不管三七二十一跳上去，那条小腿已向下一弯，忽然他的双手按在腹上，竭力按住肠子不叫流出来，接着身体就向空处倒了。不远处，一个狰狞的脑袋忽然不见。枭了首级的这人木然站了一刹那，转了几个身，倒在地上。

在同时，另一列敌人为数甚众，绕了道，飞奔着，想在第一面作侧击。同样的扫射迎接了他们。终于有百数个人，衣服破碎着，大部分丢了帽子，面孔是黑的，两手的血，一直冲到秘密坠道的入口。斫着最近的障碍物，正要爬上铁栅，在满着水的黑漆的洞口，忽然从近旁濠沟里，掷过一阵炸弹，将他们打得落花流水。

当停火的命令到来，勒尼克精疲力竭了，满流着汗，手指的皮全焦烂了，喉头干渴着，眼睛流着泪，对着旷野注视了好一会，才爬下他的坐鞍。

天渐渐近暮，落日已经不是橙色与玫瑰色。勒尼克所注意的可并不是天。他所眺望的并不是滚在田陇间，高坡旁边的尸体，也不是最后的退却者恐怖地奔跑在远处。

他所看的，是佛兰特之米街的房屋，从火尖与摧毁中所抢下来的残余；是田庄里破裂的屋角，他自己曾经亲手将可怕的炮弹打过去；是那棵大樱桃树，扭屈着，焦烂着，他曾经手向着它扫射了一小时之久……

魔　灯

白朗好·吴素

白朗好·吴素夫人（Madame Blanche Rousseau），一八七五年生于比京，为比利时新文坛颖拔人物。虽然他所写的只是散文，而他的小说、故事，却充满着诗的情味与诗人独具的魄力。主要作品：《娜妮在窗口》（一八九七）、《影与风》（一九〇二）、《扇》（一九〇六）、《拉巴格》（一九一二）。

* * *

雪华子轻轻开了门走到路上。祖父睡着，祖母睡着，谁也听不见什么。天下着蜘蛛网似的雨。她张开伞，且用短裙尖角包在头上。路，深印着车辙，渗浸着黄泥浆和雾。雪华子的木屐一高一低。什么人也没有经过。夜渐渐地掩没了整个天空，像一只大手伸开来了。

三棵柳树标出井的所在。井是荫蔽在长春藤底下，周围爬满着蜒蚰。雪华子坐到拦圈上，她俯下身去，想看水。可是这一次仍旧看不到，她从来不能看到水。她摸摸起锈的大链子和镶着铁的水桶，这水桶足够提上沉重的宝物来。水桶在链端摇动了几下。她捡了些石子，投到井里去。有一块石子闯在井壁上，别的声音雪华子可没有听见。她又俯身，她看到一些金黄色的苔藓，薇蕨的齿叶，和一些小虫子在阴暗里爬。她动作的时候，雨伞移动了，长袍被雨打湿。她在井栏上好好地整作一番，仔细披开了围身，执正了雨伞，对准在短裙的尖角上。于是她等待着。

一个男人走过，推着一辆小车和一把镰刀。接着是两个工人。他们穿棕黄色粗绒裤子，系着挖土工人的红腰带，不谈话。一个女人走过，脸遮在披巾里。最后灯贩子过来了，他骑灰色小驴，那些灯就在筐子里，遮着油布。雪华子用雨伞跟他打了个招呼。

“喂！买卖的，喂！……这儿！”

驴子停到井边。雪华子站起来。

“我要一盏灯，”她说，“瞧瞧货色。”

他揭开油布，她满眼是灯。有各种形式各种大小——有的是红铜黄铜，有的是锡做的；有的彩绘，有涂金的；有的是陶器的，像庙会卖的水钵；有的玻璃瓶式的，可以看见里边的灯芯，像是标本箱里浸着的青鱼。这些全是新灯。旧灯串在一条绳上，在筐边上撞着乱响。雪华子的眼光露出左右为难的神情。

“我只有十个苏[1]，”她说，“拿了十个苏恐只能要一个旧灯吧？”

贩子点头表示同意。她在串着的灯之中选了一盏。贩子解开了绳，将白色的钱币攫到贪婪的手中，就把牲口转向村子。

雪华子等他走远了。于是他凝视灯。灯十分老旧，全碰损了的；它样子像小油壶，柄上有小链条。“这是亚拉丁[2]的灯。”雪华子说。接着她四处按摸着。可是奇迹没有实现。“我还不曾晓得该怎么呢，但我总会晓得的。”雪华子对自己说。于是他将小链条系在围身的别针上。他伏在井拦上叫道：“亚……拉……丹！”她听见自己的声丢下去好像一片小金币，它滚下巨大的扶梯，迷失在宫殿之间。当她回到家时，祖父睡着，祖母睡着。雪华子用脚尖从他们身边走过，上了自己的房间。她把灯挂在墙上的钩子上，用小链条，她自己向床上一缩。

每晚，回到她的破房间，雪华子点了烛细看灯。用了醋和细沙子擦了后，灯在墙上发亮像一块金币。仙人还不曾出现，因雪华子擦不得法……可是耐心点！总有一天会行的。要紧的是，先占有了灯。没有什么可着急。

在这期间，雪华子仍到井边去汲水。她抽上沉重的水桶，

[1] Sou，约合中国一分。——译者注
[2] Aladin，天方夜谈中人物。——译者注

倒水时心直跳着——因桶底也许有珠子呢。她伏在栏上，听听凉风，摇曳在神秘的阴暗里。许有一天井里露出一架扶梯来，她一级级跨下去。这样她将认识古井的秘密。她将拴起长袍，走到四间屋子里。她将通过宝石的绿野，她将走到契丹的中心。她将到突厥。她将看到苏丹之女的大婚，蒙面的妇人们，一十四个黑白奴隶，头顶十四重大金盘，满载珠宝，二十四大窗的殿堂，以及，在此殿上，可赞叹的穹窿，有磐石为卵。

这就是雪华子朝晚所梦的，这些梦她跟谁也不说，除了吕克，他爱她。吕克有一天对她说："雪华子，我能找到灯的秘密，我们一块儿下井去。"

可是她微笑，没睬他。她任他动身到魔术之乡去，头也不回。因那些梦占在她脑袋上教皇的三重冠，十分沉重。

吕克动身到魔术之乡去了。雪华子没有想吕克，她只想她的梦。她每天两次三次上房间，去摸摸灯。半夜她如醒来，立刻明了烛台，仍旧看看灯。她不断地冥想。她冥想苏丹，苏丹之女，巴格达，君士但丁堡。有时她替祖父缝什么小夹里——祖父是裁缝，一个狡滑的独眼刨——她冥想祖父威风到像主教，眼睛迷糊，脚微跛的老祖母，穿锦锻，披鼠裘。她冥想珠宝，首饰，玩偶，画片，火焰的山，象牙的桥，以及绘红牡丹的马车……她冥想国王的苑囿，婚礼的早晨，以及一套受洗的袍子，全丝的。她不断地冥想。

她每天皆去井边。因为什么全在井里。千级万级的大理白石的扶梯，通到宝石的大厅。因此她每天到井边，谛听阴影，俯伏在井栏上。

她结果忘记了吕克，忘记了秘密，全因冥想之故。她不再想到有一个关于灯的秘密，她的朋友吕克动身到远方魔术之乡去找这秘密。因她只想她的梦。

呵，有一晚她正睡着，他听见有人动门，叫她的名字。她坐起在床上，她听："雪华子，雪华子!"那人说。"快给我开开，雪华子，因我已得秘密!"她一时不懂这话的意思，等她懂得，她惨白了。她跳下床，她近着门听。她听到同样的话："雪华子，雪华子！快开门……快开门，我有了秘密。"

于是解下灯……她不开这边的门，开另一扇对着田野的门。她一口气跑到井边像被追逐着……她将灯投在井里。

名将军

奥阿士・逢・奥弗尔

奥阿士・逢・奥弗尔（Horace Van Offel）一八七八年生于昂韦（Anvers）。主要作品：《穷汉军队》（一九〇五）、《被禁闭的人们》（短篇小说，一九〇六）、《知识阶级的人们》（剧本，一九〇八）、《机关鸟》（剧本，一九〇九）、《胜利》（剧本，一九一〇）、《回到光明之路》（短篇小说，一九一二）、《莎士比亚之夜》（剧本，一九一二）。

* * *

种族与教育，全是佛兰特的纯粹系统，而奥阿士・逢・奥弗尔氏却变成了用法文著作的作家，因了他的忍耐力，他的用功与奋勇。这种情形在比利时文学上是常见的，正足以证明法国文明的魄力，老是占有重要的地位，即使是在佛兰特的各外省。逢・奥弗尔氏当初曾在比军中充志愿兵，他的初期的小说即为兵士生活的描写。此后他成为新闻记者，在比京的报纸如《同晚报》

(*Le Soir*)，以及《每日新闻》(*La Chronique*) 上，曾披露了他最好的短篇小说。重入行伍之后，他曾以少尉的资格参与了一九一四到一九一五的战争。这一短篇，即是他战争记录的一段。

在大战以前，我爱战争。这是我的职业，有什么办法呢？十五岁，我已进了陆军小学，此后在某一个边防队伍里做连长。我奋力地工作之后，才得到少尉的品级。自此以后，我的生命没有别的目的，除了在军事学上求进步。

我驻扎在昂韦。我住室是很小而没有华饰的。墙上挂的只是我的那些指挥刀与地图，在书架子上，只有一些操典、军事古籍、凯撒、高纳吕斯·内波斯、蒙特吕克、华朋或回忆录（多半是指圣海仑岛回忆录 〈*Mémorial de Sainte-Hélène*〉，为拿破仑之谈话记录，拉斯·各舍斯所作），以及几本兵士的书：马尔波，布各年。

因此，我贫乏地过着生活，很勤学，没有恋爱。如果我不被秘密的野心侵蚀着，我也许已经是很快活了。我不停地梦想要在人类历史上演一个了不得的角色，与我所读的书籍中的英雄们并一肩，于是变成——请不要笑，亚力山大、凯撒、汉尼拔、大龚台或波拿派。

我相信这是办得到的。我也一样，我想，在必要时能将群众改变成有训练的队伍，有教养，有功夫，可致胜，鼓动退休的老兵，发明新的战略，使敌人惊慌失措。我的脑袋那时候充满着烟尘抖乱的袭击，艰险的退却，以及想象的城市，死守到最后的一砖一石。

古代名将的遗事老在我脑袋萦回，以致我能够数述他们的策略，他们的状态、容貌，仿佛我曾经是他们的僚属。

甚至我自以为得到他们的秘诀，我现在还相信着，这仿佛像诗人或画师的秘诀，是可与众人道的一个简单的法门，可是只有几个少数的优秀之士知道用的得当。因为所谓天才，并不是行动与思想的方式异乎寻常，却是行动与思想正好适合于地点、环境与时会。

你很容易想象到，我的这种态度引起同伴们的讪笑，他们把我当成狂人、幻想家、诗人，结果给我一个混名，现在还沿用着“名将军”。

因为这些讥笑，我只好逃避热闹的士官聚餐会，也不上咖啡店。我把空闲时间用来巡行沿城一带的旧炮台。

你们一定认得昂韦的那些壮丽的堡垒，现在却被“他们”[1] 沾辱着，那边的沟堑，像弗朗特的那些宽阔的运河，上有懒散的运货船只滑行着的，城墙就像是青色的堤岸，那些高大的城门，满载着寓意，象征的雕刻，则有如吕本司所画的凯旋门。那就像一座巨大的迷宫，而我熟知其中一切曲折。我爱悦那些荒僻的角隅，弃置的高坡，环形的路，永远没有人

[1] 这篇小说是一九一六年写的，那时欧战尚未结束，德军占领昂韦，“他们”即指此。——译者注

走的环形路，那里隐藏着的火药箱，秘密的沟堑，在混沌的水里反映着它们垂直的峻壁，在园场里，无数的火门全生锈了，因为老旧，也不觉得可怕了。

可是在到处，生活与和平的工作侵占到这个战争的领域上，比《睡公主》[1]里的境界还要安静些。黑洞洞的炮穴与墙上的射击口，以至于炮口，全成了燕雀的栖息处。耕植的地、园子、草原、木板小屋、野外的小酒座，渐渐侵占到附近炮台一带。许久以来，乡村的孩子们，已将护城的隙地改造成了花园，而那些管家婆则将洗好的衣服凉在城头的草地上。

尤其是向南的那一面，这种侵占是无可救药的。那边，城市冲破了他的围墙，一直向何波根的低下地带伸长过去。在以前的城郊上，现在只剩下一处坟园，以及一个古旧的风磨，它的翼翅瘦损在从爱司戈河吹来的北风里，而犯怒地旋转着，仿佛老是在那里嘲笑那时候我这个唐吉诃德并且……谢谢上帝，我现在总算仍然是唐吉诃德。

上述的漫游，我虽然癖好着它们，可也使我满尝了辛酸。每一次回来，我的心灵是沉重而眈思着，我也一样地老下去了，我也将被弃置，将被毁损，无人顾问了。我仿佛觉得生命偷偷地过去，没有实践它的约言。我尤其悔恨生在一个无有风云际会的世纪，在无有美丽伟大的奇遇的小地方。

---

[1] *La Belle au Bois dormant*，贝荷尔的名童话。——译者注

可是我生活在兵士们之间，好歹平复了我不少的块垒，安慰了不少的失望。因为你结果一定爱他们，好似他们是你和祖国结婚而产生的一群孩子！是的，虽然我有那些高远的梦想，我好像许多别人一样，终于成为一个友爱的好军官，一个坦白无私的司令官，小心地整饬着一切事务，公平地分配工作、饷项以及赏罚。

我就这样老下去，心也平静下去了。就在这时它来了，大战！大战，带着它的憎恨，血与火的脸。它来到正当我已经不期待它的时候，那冒失的访问者！它的来临好似死神闯进了婚筵，爱神闯进了修道士的静室。

我的心，虽已经很疲倦了，一听到炮声，也不觉警惕起来了。谁知道？也许？于是，在扰乱里昏迷了一阵以后，我忽然看见我的不驯的命运，终于骤然产生了。

这可得动作，光幻想是不行的。号牌、干粮、药囊，都分发下来了，枪刺全已磨亮了，不久，最后的命令一下，我们就上了道。

唉！我的伙计们是多么漂亮！全是一些头挑的有训练的兴高采烈的壮汉。当我回过脑袋去望他们时，——因为这是我在行军时的一种习惯——所见的全是一些勇敢有生气的脸子。那些脸我全熟识的：戈士多，善歌的人，脸子是工人的典型，两眼很忧郁；小鲁易，比京的最大的说谎家；莫须，船夫，他曾经在昂韦与来因之间，刚城与巴黎之间来回航行，他讲述他的货船的行程仿佛船长可克讲他的周游世界一样；马撤，老行伍；伯老倍，整容匠，又是煤矿的监工；以及小连长特谋士，金黄的头发，漂亮的像一个华多画上的鼓手。总而言之，那简直是我的家庭。对于我的这些小孩子们，这些小无赖们，教育、衣穿、品行、饮食，全煞费过我的苦心。他们与我的关系又这样密切，以至我在他们中的几个人身上，看出我自己的姿态熟习的举动，甚至我的声调。

我们第一次遇见炮火，是在海仑地方。那是一个接触，这也不必细表。我们在炮火之下行进了三小时，接着我们跑到一条溪沟里隐伏着，在一个篱笆的后面。

在我们的右边，开花弹像陀螺一般叫着旋转着。左边，是被连接的炮火撕碎的布棚，时常有弹丸在我们头上飞过，拖着漫长的鸣声，仿佛是受伤的野兽。

我观察我那里的兵士，他们全都很苍白，十分苍白，可是很镇静，不过面颊稍许有点儿陷进去，这就完了。他们之中大部分全将军帽绊带咬在牙齿中间。我自己呢，我伸长着身体像一张满引的弓，我感觉到口渴，而且牙床也隐隐作痛。

我又接到了一个继续前进的命令。我就先派了第一小队往前去。少尉与我握了一握手，起身就走。

我瞧着他们排队前行，弯着背，军器执在手里……

小队走了约莫一百米突，没有失去一个人。接着，忽然有一架隐蔽得很好的机关枪，愚顽地喷吐出它的火与铁的混合物。

二十来个人前翻后仰地跌到地沟里去了。有一些，一下子干脆往后倒下——他们倒好好地管住他们的背囊，另一些好像被击中在腹部的野兔似的乱七八糟蹦跳着。可是另一阵炮火的狂潮，将我的注意引到别处。我自己也向前冲上去了，我的护兵跟在后边。我看到一个兵正倒在我的身旁。他发了一声孩子的悲鸣，非常柔软，而脸立刻被鲜红的热血溢满了，鲜红的，非常鲜红的。斗争完结了，我们总算没有遇到什么别的意外。

德国人不等到我们有机会可以靠近他们，已经先退却了。我将我的队伍中所余下来的兵士们，驻扎在一个三分之一已被炮火所摧毁了的小村子里，接着我自己去筹备我的下宿处，在一所废弃的田庄中。

可是在倒卧到那干草堆上之先，我愿意到我的第一小队中差不多一大半的人们被遗留着的地方。

到了那边已经在黄昏影里了。我的那些孩子全在那儿，一动不动的，已经僵冷了，手与脸全像黄蜡似的。我首先发现戈士多，那唱歌家侧着腰倒在地上，面颊靠枪上的弹槽后跟，正是一个开枪的姿势。他的忧郁的眼睛，当我每次用视线巡视队伍时必定遇到的他的，现在是大大地张开着，用了绝望的神情盯住空间。也许他的死亡的眼睛，在绝灭之先，在那儿最后一次，找寻我的视线？此外是伯老倍，那煤矿工，支着两肘，他的大脑袋用力地抬起来，好像他还在什么矿道里艰苦爬行。此外是小鲁易，说谎家，两手大大摊开着，扁扁地，伸摊在血渍模糊的地上。此外是马撤，头发侧竖着，手指爬在沙土中。此外是那个小个儿的特谋士，比别人更可怕，因为他的断气情形非常残酷的，人家猜想。那孩子在他身边有一个打张着的口袋，里边满装着这一小队人们的什物、衬衣、信件、花明片，现在完全搅乱了，被临死的人们在苦痛失望中用盲目的手指攫乱了。他们愿意在那里边找些什么呢，在临终之先。一根带子，一块圣像的小牌，一个照相？

此外……可是为甚要继续这哀丧的数述呢。我所要说的是这些死者全都有一个姓名的，全都是人类，有母亲、父亲、姊妹、兄弟、未婚妻的人类，是真真的人，不是戏台上的假扮人物，演完戏了会出来对你们鞠一个躬的。

这些也就是被暗杀的人们。你们明白么？被暗杀的人们，一会儿以前他们充满着生命，充满着气力，充满着快乐与希望。不，这一切全不能记在书上的！不，这些全不能用文字或图书记述出来的！这些被暗杀的人，他们有数千，数十万，他们生存过，他们互相爱着，他们思想着，但被别人在一夜之间全扼死了，因为这是开仗的一夜。不，如果你不是兵士，你不会了解我那一天的情感！

此后，我眼见倒地的人们，比秋天的落叶更繁多。我参与了几百次战阵，但我仍旧打下去。我要打到最后，可是我不再喜欢战争了。我不再爱它了，而且，奇怪，不再爱它，倒使我很为难……

秋　暮

昂里・达味农

昂里・达味农（Henri Davignon）于一八七九年生于勃鲁塞尔（Bruxelles）。他的重要的著作是《莫里哀和人生》（*Molière et la vie*，批评文）、《生活的价值》（*Le Prix be la vie*，长篇小说）、《少女素描集》（*Croquis de jeunes filles*，短篇小说集）、《恋爱的勇气》（*Le Courage d'aimer*，长篇小说）、《阿尔代纳的女子》（*L'Ardennaise*，短篇小说集）、《一个比利时人》（*Un Belge*，长篇小说）。

达味农的最初的几部小说都是言情之作，以阿尔代纳地方为背景，颇具风致。在他的杰作一个比利时人中，他研究着比利时的种族问题。这篇小说，是从他的短篇集《阿尔代纳的女子》中译出。

＊＊＊

医师耶陀小心地开了那第四瓶蒲尔公葡萄酒，一瓶“一八七九年的风磨牌”。那是他亲自从保险箱上面去拿下来的。在那保险上面，在专门保持适当的倾斜度的小篮子中有规则地放着的其余三瓶酒，在那里等待着。他有声有势地说：

“诸位先生女士，请把你们的酒喝干了吧。这里是顶好的酒。”

他们应该把他们所喝着的有点凶的“洛马奈酒”喝干了，免得和那新的醇酒相混。男子们诚心诚意地喝干了那圆圆的大酒杯。可是妇人们却扭捏着，要人请了好几遍才肯喝完。女仆拿开了吃过的菜碟，又端上新菜来。鲜羊腿之后是一头用浓汁烧的大兔子，同时还端上了一盆传统的蜜饯的梨子。人们嚷了起来，人声是已经格外响了：

“耶陀太太，菜真太多了！”

“哦！只有鹌鹑和一个蛋糕，以后就没有了。”那坐在蓬头散发皱着眉毛的施丹伐尔子爵左边，善于辞令的大腹便便的律师寻德洛涅右边的，耶陀的妻子华列里说。

当人们鼓起了嘴吃过了兔子喝过了酒之后，他们的谈兴便格外高了。那一直到现在为止没有说过什么话的矮小的乡绅，现在也说起话来了。可是人们却不听他。寻德洛涅刚和对面的收税官邦维争论起来，而那收税官也大声地嚷着。这是关于现在这颇有些紧张的时期的，凡尔维地方的实业家们和工人们的问题。在那个老穷绅士向他隔座的女子所说的非常文雅的话语的嗡嗡之声上面，飞舞着那律师的响亮而有层次的辩词，像是一只只迟缓的沉重的鸟儿。那律师稍稍离开了一点席面和隔座的女子，歪坐着，塞在领子里的食巾把他的身子一直遮到脚边。他也不听别人的回答，老自顾自地说着。他的声音是很抑扬顿挫的。头向后仰着，眼睛望着敞开的窗，他怡然自若地听着他自己的声音。他的话常常说到这些字眼："自然法、人类博爱、社会进步"。他不断地引证着他在初做律师时所写的一本关于工资问题的小册子中的话。这种大多数人所没有的出书的事，使他充满了无限的骄傲。

那又矮又胖的神经质的邦组，像一个漂亮的魔鬼似的在他的椅子上着了忙，一边挥动着他的刀叉。简直没有法子听清楚他的一句话。他的弱点使他的电报机一般的，声音破碎的辩论，都变成好像是千篇一律的。话语停止了，又说出来，延长成单调而激怒的连珠炮，使别人听起来好像是一种外人不懂的神秘的语言。

那医师耶陀努力留意地听着那两个人。他一句话也不说，小心望着斟酒，也不去敷衍他邻座的妇女们（她们是静默的，她们的丈夫却说个不停）。那高大而强壮的妇人邦组太太，不时地插一句毫无意思的话到论辩中去。她不是一个聪明的人，可是她十分爱谈话。老实说，她的最快乐的事便是讲女仆们的事和村子上的谣言。她赋有好奇心和善意识，凡是她所不认识的人，她都要打听得仔仔细细。她穿着太紧的绿呢的长衣，脸上渐渐地酡红起来了。可是，只要你稍稍说一声，她就立刻会喝干了她杯中的酒。耶陀太太觉得她有点俗气，可是也尽和她敷衍。

雷蒙·郁麦也在宾客之间。耶陀太太是有意请他来吃饭的吗？她自己也一点都不知道。那青年在和耶陀夫妇的奇特的相遇之后的星期一正式地来访问他们，于是耶陀先生便请雷蒙·郁麦在下星期日去吃饭。那候补推事郁麦也不推辞。这样，他便借着那偶然的机会所献给他的大胆的青春的便利，很容易地踏进了这个家里。他的座位是派定在那收税官的妻子和那善辩的律师之间。现在，问题已不在于那在一订婚之后就回到里日去的茜茜儿了。耶陀的太太华列里的成年的美已断然地感动了这青年人！现在，他一心要做这个在他看来是了不起的征服。

他并不喝酒，他邻座的妇人有点亲密过分地劝他喝。突然，施丹伐尔子爵站了起来，用刀子敲着他的酒杯，高声说：

“诸位先生女士。”

桑德洛涅惊愕地缄默了。邦维大声笑了起来。那些妇人们张开了嘴呆看着那个穿着一件很旧很旧的老式的礼服，脸上生着面疱，胡须乱蓬蓬的高大的人。他使着他的异常漂亮而文雅的音调说道：

“我提议我们得感谢我们主人们的动人的款待。他们给了我们一席精美的菜肴和美酒。他们所给予我们的还多着哪。对人的诚恳，款待的殷勤，以及这片动人的微笑，这三点又格外增加了他们的款待的价值。我们得尽我们所能地答谢他们，喝了这杯蒲尔公美酒来祝他们身体康健、家庭幸福吧。”

他把酒杯放到嘴唇边去，可是却把一半的酒倒翻在桌上。雷蒙那时便看出他已经喝醉，又懂得了这种那么突然的热烈的原因。靠着酒兴，那年老的乡绅突然恢复了那往日在卢佛涅高原下面有许多土地的漂亮的地主的心情。凄惨的破产使他只胜了坍败的施丹伐尔的邸宅，又使他患了一种麻烦的神经衰弱病。他丧了妻子，他的儿女四散在远处，娶的娶，嫁的嫁，不见的不见，破产的破产，只剩了他一个人住在一所四围是荒芜的园子的住宅里。他有时和村中的市民接近，和他们叽咕着。这时有一种暂时的兴致，在他失意之中把他往日的可爱的风度还给了他。

大家都站了起来祝贺他。那心中快乐异常的耶陀，接连喝了两杯酒，免得泄漏了他的情绪。耶陀太太觉得自己的心软了下去，有点不能动弹。那收税官高声地喊着“好!”那个穿着黑色的衣服，一响没有说话的，高大而淡漠的律师太太，这时接连地说了三次“这真说得不错，又动人”。可是邦维太太却在位子上坐不住了。

她拿着她的酒杯走到耶陀太太那边去和她碰杯。她使着一种强烈的本乡口音大声说：“华列里，你可知道吗，子爵先生说的话一点也不错，你们招待得太好了。别人以后不敢再请你们吃饭了。”大家都动了起来，因为可以活活脚，都很得意。

现在已经是午后二时了，而他们却是在正午就席的。华列里吻着那收税官的妻子，在吻过了她的时候，她看见雷蒙·郁麦站在自己面前，手中拿着酒杯，也前来祝贺她。她的脸儿红了起来，眼睛发着光。在人声喧杂之中，他竟大胆说：

“我为我们的爱喝这杯酒。我爱你。你是一朵开放的蔷薇，你的芬芳使我沉醉。你瞧，他们都喝醉了，又都是俗气的人！我呢，我也蹒跚着，可是我却是醉着那想拥抱你的欲望。”

“医生先生，医生先生，你的太太有点不舒适！”桑德洛涅太太嚷着。

的确，那突然发了晕的华列里，差不多倒在了她邻座的女人怀中。这不过是一种一时的不舒适。她推开了雷蒙，请大家都坐下来，又咐吩女仆端上鹌鹑。

“这些鹌鹑是会唱歌的呢。”那医生说，接着他自己哼了起来。

虽则大家都已经醉了，却相当地沉静下来。宾客们差不多都是习惯于这种灌着华隆尼的美酒的长期的饮宴的。他们的酒量都很洪大，酒杯不停地被斟满又喝干，却并不使饮者兴奋失态。

当耶陀从地窖里拿出来的无数瓶酒都已喝完了的时候，人们便到花园里去喝咖啡。例外的秋天使人们采取了夏天的习惯。施丹伐尔子爵不断地发着议论。他用那他所醉心的交际场中的人们的态度，向妇女们献着殷勤。他谈着马、女伶、赌博。他的全部的往日都回到他那里来了。这位穿得很坏的，因年龄和忧伤而变了面目的可怜的人，和他所数说着的繁华的生活，有着一种奇异的，差不多是苦痛的对照。只有雷蒙听了感到不舒适。他是城里人，他知道破落的广袤和对照的冷嘲。人们不再久坐了。桑德洛涅被别人忽略了，怎样想法也不能使别人听他的话，心中很不痛快。那收税官固执要请医生和他一同回家去，请他尝尝某一种酒。桑德洛涅夫妇告辞了。邦组夫妇终于把那不愿把自己的弱点给妻子看见的耶陀带了去。现在，留在那儿的只有雷蒙、华列里，以及那子爵。那子爵向他们讲着自己青年时代的浪漫史。那听了这种大胆的话而不好意思起来的耶陀太太，塞住了耳朵想逃走。那年老的绅士从长椅上站起来去抓她。他蹒跚着倒在屋子前面的石砌上。人们费了很大的劲儿才把他扶了起来。

“我们送他回去吧，”那青年提议，“他这个样子一个人是不能回去的。再则，走到施丹伐尔是一个很好的散步，而且天气又是那么好。以后，如果你答应的话，我就从山泽那边送你回来。那是一条你所不知道的路，一道很好的路。”

“这个可怜人是非送回去不可的。我和你一同送他回去。可是到了那里我们就得分手。我独自个回来。”

在路上，那子爵平静了下来。靠在雷蒙的臂上，他现在只讲他的从前的领土，那他曾经做过那么有意思的狩猎的宜于行猎的树林和田野。在酒意渐渐地消散在空中的时候，他又恢复了他的沉默态度。他只让耶陀太太和雷蒙送到他的家门口。他和他们两人握了一次手，却没有谢他们。可是，当他看见他们有点不满意地走了的时候，他又突然叫他们回来。当他们站住了的时候，他走到他们面前去，一个个地注视着他们。

在注视着耶陀太太的时候，他的目光有一种不知道什么短短的火焰，像是熔炉中的火花。她害怕起来，靠近她的同伴去。于是那老人耸起了肩，露出了他的在肮脏的胡须间显得格外洁白的尖牙齿，咯咯地冷笑着。他终于离开了他们，轻捷地走上了他的邸宅的发绿的石阶。

“多么讨厌的人！他有什么话要说？他的样子使我害怕。”那妇人说。

“这是一个快发疯的可怜人。看见了你，他怅惜他的青春了。”

“他使我看了生气。我简直发抖了。”

“攀着我的臂膊吧。你真太容易感动了！别再想起他了吧！来，我来把你所不知道的你们当地的一个好地方指点给你看。你还在那儿打颤吗？靠在我身上吧。空气是多么的温柔而愉快！”

虽则雷蒙方才曾向华列里露出他的热烈的性质来，现在她却不想叫他走了。温和的秋天带了一些未曾领略过的情绪，来给她做迟晚的礼物，使她变成一个比她以前更女性的女子。她让她的同伴领着，顺着那穿着许多草地的小径，一直走到一个从生着石南树和金雀枝的圆丘上。这是高原的顶点。它一望无际地俯瞰着一带暗暗的松林，和起伏的青峰。这两个人急急地走着，因为虽则天际还悬着太阳，时候却已近日暮了。雾已在小谷中慢慢地积聚起来，慢慢地侵占到澄清的天上去。

“你带我到哪里去?”耶陀太太问她的同伴，“好像我们已来到了一个无人之境，我连屋子和路也都不看见了。”

“是吗?可是我们离你们家里并没有多远呢。你想不到你会在离你很近的地方得到这种僻静的感觉，得到这种人们在海上所感到的胸襟宽旷的感觉吧。在人生中也是如此。人们在单调的熟路上不知不觉地过去。人们自以为在生活、感觉、恋爱，因为人们走路、谈话、活动，正如人们看见他们的前人或同时人走路、说话、活动一样。可是，只要转一个弯，你就会发现一个清气袭人的山峰，就像此地一样。在流进你的胸襟去的时候，那清气开扩了灵魂、心和生活，正如这片风景一直开展到无尽的天际一样。”

这时这两个人已走到了那圆丘的顶上了。向东方一望，他们在左面和右面发现了那被太阳的斜斜的光线，所在青灰色的天的背景上烘托出来的，鲜明的风景的浮雕。在他们的后面，卢佛涅整个地隐没在那北方的边高耸着的高原的盆形中。在南方却正相反，地势急骤地向昂勃莱夫倾斜下去。在那面，人们可以看见线条已经模糊了的阿尔代纳的斜坡的高丘。在他们所站着的圆丘的下面，开着一条荒芜僻野的峡道。那地方是满溢着伟大和诗意，又被一片习习的清风所爱抚着。华列里贪切地凝望着。她已慢慢地习惯于那僻野粗犷的荒芜的自然界所给予她的新的沉醉，她的年轻的伴侣的语言和风景和谐着，像那片风景一样的粗爽而动人。

只有一株脱了叶子的荆棘耸出在坚硬而铺着青苔的土地上。当这两个人走过去的时候，一只在巢里的山鸡，大声地拍着翼翅飞了起来。这是兀突而出于意料之外的，可算得是这地方的荒僻的征状。华列里吃了一惊，便紧贴着雷蒙。被紧紧地抱在两只有力的手臂中，她觉得自己软绵绵的一点力气也没有了。她的咽喉喘动着，她的眼睛分辨不清楚天涯的线条。有两片嘴唇轻轻地碰了碰她的前额，接着便向她的嘴降下来。她发了一声微弱的喊声，摆脱出身子去，拔脚就向前跑。蔓草几乎绊倒了她。她碰在一个系着一只山羊的桩子上，那只山羊便在那系着它的绳子的范围中拼命地追赶她。一走出了山泽的时候，她的脚便踏在一片牧地的草上，而被围在牧地的篱墙中。她以为迷了路，急得要命，几乎要哭出来，便本能地喊着：

“雷蒙！”

他三脚两步地赶上了她。可是当她看见了他的时候，她又怕起来。他使她害怕，因为他是热狂而脸色苍白。她求着他：

“我求你把回去的路指点给我吧。天晚了，我要回去。”

他一声不响地握住了她的手，像对付一个孩子似的。他知道她心头的烦乱，又为他自己的感动而不安着。这样的，他们一句话也不说地从一条通到爱华意路，通到卢佛涅的两边有篱垣的小路回去。当他们走到了花园的栅门口的时候，太阳已经下山，秋暮的潮湿的幽暗中，空气已凉爽起来了。雷蒙放低了声音说：

“听我说，你丈夫现在还没有回来，屋子里没有灯火。他是在邦维家里，在那儿大吃大喝。我要去看看他们是否还留住他，然后我马上就回来。那时你让我进你的屋子去，只要一小时就够了。这是温柔而醉人的人生所要求的，这是青春，这是恋爱。”

还没有等她回答，那引诱者就跑了。她听到他的活跃而年经的脚步声在路上响着。她独自个在扩大起来的黑暗中红着脸。她的全部的羞耻心，她的全部的贞操，都被这突然的无耻和犯罪的呼唤所觉醒了。她急快走进那平静的屋子里去，关上了门，系上了那防歹人的门链。

她在那还留着筵席的狼籍的杯盘的客厅的半明半暗之中所看见的第一个东西，便是那躺在圈椅上，使劲地吸着雪茄烟的医师。她立刻安心下来。耶陀一句话也不说。他的衣衫还没有整顿过，只有寂静揭露出那酒所使他引起的不适。他呆望着他的妻子点燃了灯，开始收拾客厅。

不到十分钟之后，一声轻轻的敲窗声使华列里打了一个寒噤。她立刻开了窗，在黑暗中看见了雷蒙的瘦长的影子。他因为跑得急了，一边喘气一边说：

“听我说，他们对我说他已离开了收税官的家，到代涅去看病了。那是半小时以前的事。在一小时之内他绝不会回来。替我开门吧。”

“走你的吧。”她惶恐地说，立刻就把窗关上了。

那丈夫已站了起来。他一句话也没有听见。他已经酒醒了，绕着桌子走了三个圈子，开始赞美起他妻子的做菜的手段来。这时有人在使劲地打门。

“我去开。”他说。

“不，不，你不要去。我知道这是谁。在你出去以后不久这人就来过了。是请你去看病的。我回答说你很疲倦。我去对他说你已经睡了吧。”

于是那着了忙的可怜的华列里跑到门边去。她伸出她的有力的手臂拦住了那想冲进来的雷蒙：

“去吧，看老天面上，去吧。你是一个歹人，你的欲望是有罪的。”

“我只要和你说话，向你解释……”

“我不准你进来。”

医生的声音从客厅里传出来：

“呃！怎么啦？还没有走吗？”

雷蒙听见了，便放低了声音说：

“呃！你为什么不说他在那儿呢？我懂了。”

“不要以为我是为了他才叫你走的……”

“可是他会出来的，你和我谈话有点危险。”

“没有关系。我老实对你说，我瞧不起你，我从来也没有，从来也没有欺骗我的丈夫的思想过。当然，我爱过你……”

“华列里!”

“……那是出于同情，出于仁慈，可是那种爱完全是纯洁无垢的。就是这样也是有罪的，因为这使你起了不良之心……啊！去你的吧，我要厌恶你了。”

耶陀的声音又传了出来：

“华列里，要我来吗?”

“不必，不必，”她急忙说，“我已说明白了，他就要走了。”

接着她对雷蒙说：

“他以为是一个求医的人。我为了免得你露面而说了谎，这是便不应该的。永别了，不要再来吧。你是一个轻佻的孩子，而我却是一个年老的妇人。”

在关上了门，推上了门闩之后，华列里好像觉得那不久将降临的冬天，已经和秋夜的寒冷一同走进门轩来了。

小　笛

法朗兹·海伦思

法朗兹·海伦思（Franz Hellens），原名为法朗兹·房·爱尔曼琴（Franz van Ermengen），于一八八一年生于冈城（gand），为比利时现代文学之新人，主编 Le Disque Vert，为战后新文学运动先驱之一。

主要著作有：《在弗朗特尔的城中》（*En ville flamande*）、《潜伏的光明》（*Les Clartès latentes*）、《荒诞的现实》（*Realités fantastique*）、《欲望的少女们》（*Les filles du Désir*）、《分得的妇女》（*La femme partagèe*），等等。

这篇《小笛》自一九三四年《法兰西新评论》中译出。

＊＊＊

不要向钢琴去求友谊。那是一个什么人都可以找到东西吃的槽，一口公共井。在我的父母送我去寄读的耶稣会私立中学里，在我要和我的哥哥当众表演钢琴双人合奏的一天，我看出了这一点。我们的手那么猛烈地在琴键上相碰着，使我觉得这简直是打仗。在奏完了一阕之后，我满肚子怨恨地站了起来。这个可以两个人合奏的乐器，在我看来是糟糕极了。

我不停地想着那在已经有许多时候以前，我父亲所不让我学的提琴。

“提琴，我真不知道这会有什么结果！”

我父亲说的多么不错！提琴是活的，它有一张脸儿，人们可以带着它，把它举在手里。我可以把它盛在一个匣子里，藏在我所要藏的地方，叫它说那我要用我的心和我自己的声音说的话。如果论到它引曳着我的时候，我便闭了眼睛跟随着它，一直到它吩咐我停止的时候才停止。

我第二次去请求我父亲让我学提琴。答复隔了许久才到来，可是那答复所给予我的失望，就是锋利而急骤的。我的父亲叫我不要再想起提琴了。

“提琴，这是一点结果也没有的！”

我沉痛地知道了提琴是永远和我没有缘了。然而我父亲却允许我学另一件乐器，只是要在管乐器里面选一种。一直到那时为止，我从来没有想要求加入那使学校的纪律格外军队化的管乐队。我的哥哥就在那管乐队里担任着重要的一部，那就是最动人的角色都归附在那儿的喇叭的一部。那些铜乐器使我见了害怕，小鼓和大鼓使我见了憎厌。

在经过了一番思索之后，我要求在我的哥哥身旁，在铜乐器间占一个席位——比起来还是这些铜乐器唱得顶好。可是，从轻喇叭到累赘的大喇叭，一切的位置都有人了。因为我表示伤了自尊心（这里，它也就是对于音乐本身的爱好之心），乐队的领班便声言可以在管乐队中加一件新的乐器：一枝小笛。我立刻想起了那种好像老是伤着风的，使我弄到后来会发了脾气，丢到地上用脚去踩的，声音不那么准确的白铁做的笛子。如果是这样的话，我宁可立刻放弃了管乐。可是当那同时做着各种乐器的教师的指挥，对我做了一番这种小笛的赞颂的描摹，特别声明那小笛是木头做的，是一种很贵重的特别的木头做的，每一个洞有一个金属的键的时候，我终于接受了下来。然而我还盯住他，请他让我选那他刚才所不该提起的大笛子。但是，在这个地方，我碰到了和我父亲之对于提琴一样之拒绝：

"不是小笛子，便什么别的也没有！"

当他们把那笛子拿来给我的时候，我看见它是那么的小，不竟吃惊得难艰。人们欺骗了我。在那些载负着沉重而响亮的乐器的音乐家之间，我带着这给孩子做的寒伧的小笛子将成一个什么样子？然而我想着吹这小笛的只有我一个人，这便使我的角色有了某一种威风。再则，指挥对我说这个角色是可艳羡的，因为这角色是在于用完全由歌唱组成的一部去点缀管乐。当别人用尽肺力去做伴奏这低微的职份的时候，老是歌唱真是稀有的特权。

这已经使我有了几分骄傲和快乐了。接着来的是苦恼，因为我第一次吹着那笛子的时候，一个声音也不发出来。那教授把笛子放到他的嘴唇边，吹了几个声音使我迷醉的调子。我抢过笛子来也吹。虽则我使劲绝望地吹着，那空空的木管里还是没有一个声音出来。

我吹得太使劲了。吹一个很珍贵的小笛，是不应该像吹一个值一个铜子儿的乐器那么吹的，应该决意地、有技术地去吹，把舌尖儿放在牙齿间去吹。

“就像你吐一根小稻草一样。”

那教授吐着，于是我注意到他的讨厌的厚嘴唇。他名叫穆拉尔，一个倒胃口的名字。当他把笛子交还给我的时候，笛子全湿了。穆拉尔流着汗，人们看见他的半脱的头顶上和他的透明的胡须后面都流着汗水。我不禁想起了提琴的那么干净的弓弦。我带着怎样的一种厌恶之心又把嘴唇凑到笛子的口边去！在经过了半小时的努力之后，我终于从那乐器中吹出了几个很不完善的音来。这最初的胜利竟使我忘记了别人的口涎所引我引起的憎恶。

再则，穆拉尔是一个和善的人。他老是微笑着，就是我使他最不痛快的时候也微笑着。他并不用微笑来嘲讽别人，却是因为他的瘦瘦的白色的脸儿需要微笑。微笑给他代替了血色。在那比第一课更有效果的第二课之后，我甚至喜欢他起来了。

穆拉尔教授可不是已把他全部的康健，都吹到那每日吮吸了他一点生命去的管乐器中去，到那大大小小一切的乐器中去吗？他每天早晨要吹六课，就是在出奏的日子，当乐队吹奏着穿过城中的时候，这指挥也不肯安于打拍子。他老是随身带着一个号角或是一件什么别的乐器，以便帮助那他觉得没有把握的那部乐曲。

有一天我听见市长说：

“穆拉尔要劳碌死了！”

从那个时候起，我便当他是一个垂死的人了。他所给我的吹息，我觉得是宝贵的了。

然而，在每一课之后，我总用我的手帕的角去拭干我的小笛的口子。

我有了一点进步，渐渐地爱起我的小笛子来了。它是属于我的，我可以把它塞在我的书桌抽屉里，和我的练习簿以及书籍放在一起。它也开始爱我起来，因为它应着我的吹息而响了。在温课的时间，我常常丢开了我的功课去看它。用前额抵住了书桌的盖板，我把它从它的小匣子里拿了出来。它是大的呢还是小的呢？正如我的欲望一样，它是不能以尺度量的。我用麂皮擦着那在接系绞链上欣然发光的镍制的键，而那乌木也像那些键一样爽直地发着光。

在我们的初次共同演习快到的时候，我的小笛子的重要性也渐渐地大起来了。在下次上城吹奏的时候，管乐队所要奏的曲子之一，是穆拉尔特别为我而谱的双重步。这双重步点缀着一个异常轻盈的小笛独奏。可是，因为这小笛独奏是夹在喇叭的一个很复杂的吹奏部分中照切分音吹的，所以是格外难了。

在指法上和吹法上，这困难都使我费了许多力量。如果舌头的活动能胜任，那么手指也就会显出奇迹来了。我不会合法地吐出气来：那便是用舌头使劲小小地一碰，把气从嘴唇的口子里冲出去，像一个小球似的把它推到笛子里去。我的吹息中夹着的口水是太多了，音出来得很不准，有时竟像开坏一响手枪一般。

“气太多了！气太多了！”穆拉尔看见我使劲地吹着的时候说。

这时那比较顺从的劳动者手指前进着，有时竟忘记了那它们负责领导的吹息，以致它们在跳来跳去着，不能得心应手地奏出曲子来。鸥鸟、白颊鸟、夜莺或黄莺，轮流地或一起地在我的记忆的青天中飞过。

当共同演习的日子到了的时候，我已经费了许多气力，终于把舌头的动作练好了？可是，穆拉尔啊，你能预料到感情冲动的败事吗？舌头动作的动人的教授，你不知道心会使音乐受怎样的一个打击。它竟把那在内心中吼鸣着的音乐，在嘴唇边绝灭了。

然而这个演习反而只使我增加了勇气。我起初吹不出了好几次。穆拉尔先忍耐着，接着生起气来。他的难看的红手帕使他的白色的头颅发着光。可是后来，在那使玻璃窗都战栗着的铜乐器的雷声中，我的小笛子终于吐出了它的清脆的音韵来。穆拉尔显得很高兴。我的那担任喇叭独奏的哥哥（我的笛韵便像一个花纹绕着一个花形大写字母似的绕着他的喇叭之声），也对于我有了信仰。我的全部的骄傲，便穿进到我的小笛子的狭窄的管子里去。

第二天的节目，管乐在猎猎的旌旗声中在城里荡漾着。因为我的独奏是在节目的最后，我便可以闲看那些开着的窗，那些出了神的脸儿，那些排成两道肉屏风的散步者，以及那些在大鼓和小鼓前面奔跳着的顽童的队伍。当铙钹声通知最后的节目到来的时候，我的心突然惴了起来，我的笛子跳到了我的嘴唇边。我望着那用小棒打着拍子的穆拉尔。穆拉尔也望着我。在这个注视之下，我失去了我的把握了：我的笛子发着抖，我的吹息害怕起来，舌头的动作也落了空。

“再响一点!”穆拉尔大声喊着。

他的从眼眶里突出来的眼睛像两个小球似的打中了我。这样一来，我的手指也狼狈失措了。它们拼命地乱动着，使得我绝了望。我闭下了眼睛，觉得我这一下可糟了。这样，我所看见的不是独奏，却只是一个我眼花缭乱地滚下去的深渊了。我的那根小笛子也突然离开了我。穆拉尔把那笛子从我的手里夺了去。他把他的小棒放在我的手里，于是我的那个独奏曲，现在便从他的厚厚的嘴唇间飘了出来，每一个音都使我羞愧得无地自容。

我回到学校里去的时候，简直像一只落汤鸡一样。穆拉尔只不过嘲笑了我一番。可是因为我是太屈辱了，受不住这样宽大的表示，我觉得还是我哥哥的责备比较不艰难一点，我的失败差点败坏了她的成功。我不禁可怜着我的小笛子：穆拉尔的胜利的涎沫这一番可不是污辱了它吗？我费了许多时候才洗净了这侮辱。

幸而七月的假期快到了。我很快地忘记了管乐的那不幸事件，而沉浸到那和火车每学期所献与我们的活动的风景一起微笑着的自由的幸福中去。我甚至因而把我的小笛子也忘记了。我虔敬地把它藏在它的匣子里，感到不久在别的地方，在家里的更舒适的空气中，它将使我充满了那一种沉醉。

我一只手拿着提箱，一只手拿着我的小笛子，向车站走去。我把我的提箱丢在拦板上，把我的笛子放在我的座位旁边。长长的旅行使我十分的不耐烦。窗口的画图像一些认识我的越来越熟的面目似的飘过，一直到后来我辨认出了一幅和我很熟稔的画图。它是近郊之先的一个地方。不久近郊也显出来了，像是一个通报主人到来的老仆人。我开了车窗探身出去。当火车放着汽笛慢慢地停下来的时候，我的目光便向月台那面射出去。我的心跳动着，车站像一大笼鸟儿似的歌唱着。

我看见了那望着火车开近站来的我的母亲和我的姊妹们。我一跳跳到了她们身旁去，忙着和她们接吻。

我挽着我母亲的手臂倨傲地走着，听着她说话，却忘记回答她。我觉得那个重又相逢的城，是像我母亲一样的特别明亮而崭新，而当我们越走越近我们的屋子的时候，它差不多就要把那和我母亲同样的柔情加在我身上了。

突然，我听到那走在我们后面的我的哥哥喊我。

“弗莱特里克，你的笛子呢?”

我惊慌地回过头去，他拿着我的提箱。

“我的笛子?”我望着他说，好像问他把它放在什么地方。

“它在哪里? 你把它忘在车上了?”

放开了我的母亲，我摸着我的衣袋。无疑的，我已把我的小笛子遗忘在座位上了。街路黑暗了下来，曲折了起来。这简直好像时间在一瞬间的恶梦之中消尽了一般。当我的母亲牵着我到车站去的时候，我简直好像退到学校里去一样。什么都不能使我相信不如此。丢了我的小笛子，那就是说假期的空气，那我要单为这小笛而呼吸的空气都消失了。当我母亲对于站长报失的时候，我甚至连听也不听。

我的父亲不答应我买一枝新的笛子。

在我们回学校以后不久，我的哥哥告诉我有一件管乐器空着。那只是一个很大很重的，完全瘪了的可憎的大喇叭。它的比我的嘴唇更大的黄铜的口子，有一种苦味。穆拉尔对我声明他只能让我吹伴奏的部分。可是我却答应了下来，因为我可以每星期少上一小时温习课。那是自由的一小时，整整的一小时，在那时间，我可以想着得不到的提琴，想着他的失去的妹妹小笛子，想着一切只有在心里能达到目的的东西。

国图典藏版本展示

世界文學名著
比利時短篇小說集
皮思等著
戴望舒選譯
BELGIAN SHORT STORIES
By
CYRIEL BUYSSE & OTHERS
Selected and Translated by
TAI WANG SHU
823

世界文學名著

比利時短篇小說集

中華民國二十四年六月初版

翁

(8268)

世界文學名著 比利時短篇小說集一冊
Belgian Short Stories

每冊定價大洋伍角伍分
外埠酌加運費匯費

原著者 Cyriel Buysse and others

選譯者 戴望舒

發行人 王雲五
上海河南路

印刷所 商務印書館
上海河南路

發行所 商務印書館
上海及各埠

二九一五上

中央宣傳委員會圖書雜誌審查委員會審字第一八三八號審查證

小引

在比利時，主要的語言有兩種；北部弗蘭特爾（Frandre）是講與荷蘭文很接近的弗蘭特爾文，南華隆尼（Wallonie）則講法文。

一千八百三十一年比利時獨立以前，在文學上，比利時也沒有獨立的地位。在強鄰侵佔之下，國事紛亂之中，文學之不振乃是一件必然之事。就是偶然有幾個傑出的人才，因爲比國沒有一種特別的文字這關係，也不被人視在比利時作家。如福華沙（Froissart）、高米納（Commines）、約翰·勒麥爾（John Lemaire）之祇被列入法蘭西文學史中，便是一個顯然的例子。

比利時文學之取得獨立的地位，她的開始與起她的文學運動，她的漸漸地引起世界文壇的注意，祇是一件很近的事。這祇有短短的四五十年的歷史。然而在這個短短的時期中，比利時卻產生了不少傑出的人才：西里艾·皮思、費里克思·諦麥爾芒、魏爾哈侖、梅德林克、勒穆尼等等，都已經不是一國的作家而是世界的作家了。

本集中所選譯的，都是近六十年來最有名的作家的作品。爲編譯上的便利起見，我把這集子分爲上下兩編：上編是用弗蘭特爾文寫作的作家們，其中可分爲兩個系代，即「今日與明日」系代（Van nu en straks）和新系代。前者爲皮思、德林克、都散、倍凱爾曼諸人，後者則選錄了曷佛爾，諦麥爾芒克尼思等三人。下編則爲用法文學作的作家們，其中包含浪漫派的特各司德，象徵派的梅德林克及魏爾哈侖，寫實派的德穆爾特，克安司等，民衆派的勒穆尼，近代派的海倫思等等。

但是，把比利時作家們這樣地劃分爲兩部，卻並不是說比利時文學有着一個不統一的現象。牠雖則是用兩種不同的文字來表現，但在精神上，氣質上，卻依然還是整個的，有着和別國文學不同的獨特性。

一九三四年八月譯者

目次

孤獨者（西里艾爾・皮思）

西里艾爾・皮思（Cyriel Buysse）於一千八百五十六年九月二十日生於東部弗朗特爾之奈佛萊（Nevele），是女詩人和女小說家羅莎麗・洛佛琳（Rosalie Loveling）及維吉妮・洛佛琳（Virginie Loveling）的內姪，曾和維吉妮・洛佛琳合著長篇小說生活的教訓（Levensleer 一九一二）。

他是今日與明日（Van Nu en Straks）雜誌的創辦人之一，又是Groot Nederland的編者。

所著長篇及短篇小說約有四十種，最著名者為窮人們（Van arme menschen 一九〇二），小驢馬（Het Ezelken 一九一〇），如此如此（Zooals het was 一九二一），叔母們（Tantes）等。這篇孤獨者，即從他的短篇集窮人們中譯出。

濮佛爾的小屋子是孤立在莽原之中……塗着赭黃色的粉的，凸凹龜裂的四面小小的破牆；一個半坍的，在西邊遮着一片幽暗的長春藤的，灰色的破屋頂；有青色的小扉板倒懸着的兩扇小玻璃窗；一扇為青苔所蝕的蒼青色的低低的門；便是我們在那淒涼而寂靜的曠野中所見到的這所小屋子……在那無窮的高天底穹窿之下，這所聳立在那起伏於天涯的樹林底遼遠而幽暗的曲線上的小屋子，便格外顯得渺小了。牠在那兒聳立着在一種異常憂鬱的孤獨之中在那刮着平原的秋天底寒冷而灰色的大風之下。

那認識他或祇聽別人講起過他的幾個人，稱他為「濮佛爾。」沒有一個人記得他的眞姓名。他過着一種完全的隱遁生活，離開有人煙之處有十二哩，離最近的村子有十六哩。人們所知道的，祇是他和他的父母一同住到那個地方去；那已經是很長遠的事了。那時樹林一直延伸到他的孤獨的茅舍邊。他的父親是做一個有錢人的獵地看守人而住到那裏去的。可是那有錢人因為窮了，便把一大部份的樹林砍伐了變賣。祇有那個不値錢的小屋子，卻還留在那裏。濮佛爾的父母在那小屋中一直住到死，在父母死後，他還一個人住在那兒，因為他已習慣於這一類的生活，他並沒有其他慾望，因為他已不復能想像另一種生活了。

他有幾隻給他生蛋的母雞，一隻他所漸漸飼肥的小豬，一隻他用來牽手車的狗，一隻給他捕鼠的貓。他也有一隻關在小籠中在晨曦之中快樂地唱歌的金絲雀，和一隻貓頭鷹——這是一位陰鬱的怪客人，牠整天一動也不動地躲在一個陰暗的巢裏，祇在黃昏的時候出來，張大了他的又大又圓的貓眼睛，滿臉含怒地飛到小玻璃窗邊去，等濮佛爾把牠的食料放到牠的爪間去：田蛙，瓦雀，耗子。

此外，他周圍便一個生物也沒有了。在他親自開墾的荒地的一角上，他種了馬鈴薯，麥子，蔬菜；他到很遠的樹林中去打柴昇火。一大堆由四塊粗木板支維着的乾草和枯葉，便算是他的牀。他的衣衫是泥土色的。

他的身材不大也不小，微微有點傴僂，手臂異常地長。他的鬍鬚和頭髮是又硬又黑，他的顴骨凸出的瘦瘦的頰兒，呈着一種鮮明的酡紅色，而在他的鮮灰色的眼睛中有着一種獰猛和不安的表情。

永遠沒有——或幾乎永遠沒有一個人走到他住所的附近去；如果不意有一個到來的時候，濮佛爾便膽小地躲在屋子裏不敢出來，好像怕中了別人的咒語似的。這樣，他竟可以說失去了說話的習慣了；他祇用幾個單字喚他的牲口的名字。他的狗名叫杜克，他的貓頭鷹名叫庫白，他的貓名叫咪他的金絲雀名叫芬琪。在他的心靈中，思想是稀少而模糊的，永遠限制在他的孤獨生活底狹窄的範圍中他想着他的母雞，他的豬他的馬鈴薯，他的麥子他的工作，他的狗，他的貓他的貓頭鷹。在夏天的平靜的晚間他毫無思想地蹲在他門前的沙土上，眼光漠然不動地望着遠處，抽着他的煙斗。在冬天他呆看着爐火，陷入於一種完全的無思無想的狀態中。他有時長久地望着那縮成一團打着鼾的貓，有時在那從小窗中穿進來的蒼茫的夕照中坐到那貓頭鷹旁邊去，看牠吞食着田蛙和小鳥兒。

他沒有錢，他甚至連錢的顏色也沒有看見過，可是每當他的豬肥胖得差不多了的時候，或是他的雞太多了的時候（這是每隔四五個月會有一次的事），他便把牠們帶到一個很遠的村子裏去，去換各種的食物。他很怕這種跋涉，因爲他一到的時候，那平時很平靜的村子頓時熱鬧起來了。

頑童們遠遠地看見他帶着那牽着裝滿了東西的小車的狗到來的時候，便立刻大嚷着：『濮佛爾來了，濮佛爾來了！』於是他們便喧嚷着成羣結隊地跟在他後面，有的人學着他的犬吠，有的人學着他的豬叫，有的人學着他的雞鳴。那時濮佛爾又害羞又害怕，紅着臉兒，加緊了步子，眼睛斜望着別人；他跑得那麼地快，以致他手車的輪子碰到了他的狗的尾巴，而使牠哀鳴起來。他儘可能快地穿過了一排追逐着他的頑童，和一排站在門口的嘲笑他的鄉民，趕緊跑到豬肉雜貨舖去躲避。

在那裏，他躲過了殘酷的嘲弄。人們稱他的豬，人們和他論豬價，接着他便用他的豬價換了各種的貨物：第一是一隻他可以重新飼養大來的小豬，其次是豬油和香料，內衣或其他的東西，牛油，麵粉，咖啡，煙草，一切他長期的孤獨中所需要的東西。此外，雜貨舖的老闆和老闆娘還請他喝一大杯咖啡，白麵包餅和乾酪，然後送他到門口，祝他平安（話語之間卻不免也混着一點冷嘲）。接着，喜劇便又開始了：濮佛爾剛托起了他的手車的扶柄開口赶他的狗的時候，站在路對面的那些游手好閒的人們便哄然笑起來了。有一個游手好閒的人在車輪下放了一塊磚頭，因此他怎樣拉也不能把車拉動；他愚蠢地微笑着，搖着他的頭，好像這每次都是一般無二的惡作劇，還很使他驚訝似的；接着他放下了扶柄，費勁兒搬開了磚石，然後動身上路，不久又像初到時似的跑起來，身後跟